我是金毛梅茜

让我等，我就不离开

从你的全世界路过之后

请让我留在你身边

让我留在你身边

张嘉佳 著

知道你要去很远的地方，但是一定记得回头看看我。
就算我不在你的视线里，也请偶尔转过身，
说不定带着你呼吸的空气，会漂洋过海，会横跨星空，
会被季节轮换时带起的风，一直吹到我身边。
我的嗅觉很好。我是梅茜，我喜欢你，我在想你。

小时候，以为耳朵大就可以飞起来。
后来发现，只能做梦飞回小时候。

The Journey with You

其实你们不知道，只要有一个人睡着了，
在梦里认真想念另外一个人，天上就会亮起一颗星。
所以后半夜应该才有那么壮阔璀璨的银河。
现在天空越来越暗淡了。是不是我们很少互相想念？
下次一起去草原、山谷、湖边试试看，那里的天空一定会被熟睡的我们点亮的。

The Journey
with You

我竭尽全力奔跑,只是想带起一阵小小的风。
它能被树上的叶子接住,被河面的波纹接住,被路面的反光接住,被月亮的影子接住。大家安静地传递,它就能掠过你的衣角。
如果来得及的话,它也许可以告诉你我的名字。

我的世界很小。哪怕尽了全力,还是有无数的地方是远方。

被海豚追逐的薄荷岛,坐上门板当火车的柬埔寨,悬崖上色彩斑斓的五渔村。

最美的地方我都到不了。

我能做的事情很少。

在门边等你回家的脚步声,草地上追逐同样晒着你的阳光,听雨点打在玻璃的声音。

我是金毛梅茜。

我讲故事给你听,你要记得来看我。

The Journey with You

目　录

让我

留在

你身边

Contents

序 /019

第 1 话
你好，我叫梅茜 /021

我是一条南京狗子，不瞒你说，见过大世面的。
以前我叫梅西，因为老爹最喜欢的足球运动员是这个名字。
后来老爹喝得东倒西歪，叹口气说："艹！"
于是给我加了个草字头，我就变成了梅茜。
我问老爹，那我的名字该怎么读。
老爹说，让人家以为我们没钱，其实我们还是没戏。

我们 _024

你快乐吗 _036

个子小就小吧，幸福就好 _040

小边牧的大飞盘 _043

    番外：飞盘掉了！ _047

分家 _049

彪形大汉的玻璃心 _053

冬不拉的红糖纸 _058

    后来…… _067

The Journey
with You

Contents

第 2 话
记得带我回家 /073

你在悲伤的时候,
要允许我有机会躺在你脚边,
我的脑袋毛茸茸的,你摸一下会暖乎乎的。你在快乐的时候,
要允许我有机会绕着你奔跑,
这是我表达幸福的唯一方式。

出发 _076

借宿 _081

樱花和别的地方 _084

大雨让整个城市颠倒 _091

念一千遍蝴蝶 _096

英雄 _105

最后一程 _111

第 3 话
一个汪星人的朋友圈 /117

我生活在一个阳光明媚的小区,
树很多,草很绿,大家一天到晚傻笑。
这里的便利店会卖火腿肠给金毛,
但是不找钱。
金毛的生活非常复杂,
具体表达要十六个字:
跑来跑去跑来跑去跑来跑去跑来跑去。

萨摩耶三兄弟:喋血拉斯维加斯 _120

 番外:真的很难理解萨摩耶三兄弟的逻辑 _125

可卡:我妈妈是白富美 _127

牛头㹴:婆婆会算命 _131

阿独:流浪大侠的超级传奇 _136

滚球球:我们再也回不去了 _141

 后来…… _147

吃货狗子们的小故事 _150

The Journey with You

第 4 话
做我的朋友好吗 /155

我叫梅茜，我拼命写字的理由是，当你看见狗狗的时候，
希望你能想起我，觉得他是你的好朋友，微笑着拍拍他的脑袋。
希望这些文字能传递到每一个角落。

寄小读者 _158

一个编剧的自我修养 _164

藏在角落里的爱 _169

  番外：梅西七夕全记录 _176

我们都在单曲循环，你会停在哪一首 _180

Contents

The Journey with You

第 5 话
我们要彼此相爱 /195

梅茜在拼命写字，
梅茜想陪着你，从你去不了的地方，
带故事给你听，带所有的勇气给你。
总有一天，你会去到那些地方，风抚摸脸庞，雪山洁白，
湖泊明媚，听到全世界唱给你的情歌。

黑背救爹记 _198

黑背老爸的备份人生 _203

秋天必须要做的十五件事 _206

只是因为喜欢你 _210

每个胖子心里都住着一个瘦子 _213

允许频频回顾，但也要懂得一往无前 _216

快乐的能力生来平等 _219

心打开原来是这样的 _222

只有沉默属于你自己 _225

我是认真的 _228

让熔岩冰冻的唯一方式 _231

Contents

第 6 话
让我留在你身边 /235

几栋楼,三条路,一个家,这个简单的地方,就是我的全世界。
我喜欢全世界,我喜欢老爹。
我喜欢梅茜和老爹在一起的每分钟。
他说要带我去走遍他的全世界,我一直觉得那应该很大吧,
但是我有信心跑完。

而你路过之后,全世界都不会再有 _238
别人不想要的东西,偏偏是自己的珍宝 _241
在夏天拯救世界 _246

最终话
梅茜的东海之战 /251

番外篇
给我的女儿梅茜,生日快乐 /311

后 记
《让我留在你身边》的最后一篇 /319

序

我是一条金毛狗子,名叫梅茜。

我的狗生穷困潦倒,可能会被你们看不起,但我必须写下来,这样你们才会知道,一条狗子也可以过得波澜壮阔。

老爹说,最后一抹夕阳用小罐子收集起来,用树叶封住,会变成金币。这是我进入金融界的第一步,也止于第一步。老爹破产后,我砸了罐子,里面什么金币都没有,只有几片叶子被风一吹,吹到院子里。

院子里,以前有个女孩经常会坐着读书,夕阳淡淡的光顺着她的衣服流下来,我就趴在她脚边,等最后一抹出现,赶紧用小罐子接住。

我是一条南京狗子,不瞒你说,见过大世面的。

以前我叫梅西,因为老爹最喜欢的足球运动员是这个名字。

后来老爹喝得东倒西歪,叹口气说:"艹!"

于是给我加了个草字头,我就变成了梅茜。

我问老爹,那我的名字该怎么读。

老爹说,让人家以为我们没钱,其实我们还是没戏。

我老爹号称作家,从青年作家变成已婚作家,再变成离异作家。据他自己介绍,穷困潦倒的原因就是分家产。以前我吃狗粮,老爹家产没了之后,他弄到什么吃的,就分我一半。

俗话说,穷极思变。太穷了,我也开始写小说,记录灿烂狗生,贴补家用。

那么毫不客气地讲一句,我,梅茜,唯一的金毛狗作家,大家不要有异议。你们即将读到的故事,有些关于狗,有些关于人,还有些关于你们从未察觉的世界。

我和老爹一起生活,也曾独自流浪,看见许多种离别,许多种欢喜,许多种无人知晓的难过。在我最伤心的时候,走过彩虹底下,河水隔开两岸,一群蜻蜓追着蒲公英,而老爹不知去向。

狗子如果会写书的话,那么书名一定叫作《让我留在你身边》。

谢谢你读我的书,故事从这里开始,一条金毛狗子,出生了。

第 1 话

你好，我叫梅茜

The Journey with You

我是一条南京狗子，不瞒你说，见过大世面的。
以前我叫梅西，因为老爹最喜欢的足球运动员是这个名字。
后来老爹喝得东倒西歪，叹口气说："艹！"
于是给我加了个草字头，我就变成了梅茜。
我问老爹，那我的名字该怎么读。
老爹说，让人家以为我们没钱，其实我们还是没戏。

知道你要去很远的地方,但是一定记得回头看看我。
就算我不在你的视线里,也请偶尔转过身,
说不定带着你呼吸的空气,会漂洋过海,会横跨星空,
会被季节轮换时带起的风,一直吹到我身边。
我的嗅觉很好。我是梅茜,我喜欢你,我在想你。

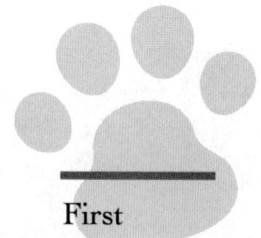

First

我喜欢安慰，不用语言的那种；我喜欢看一眼就明白你在想什么；我喜欢走路，不是直线；我喜欢停留在草丛里，可以闻到泥土混杂日出留下的味道；我喜欢趴在院子里，把蓝天当作相册；我喜欢四处溜达，嗒嗒嗒，嗒嗒嗒，每个脚印都敲击出清脆的声音。

　　我喜欢喧嚣，我喜欢安静，我喜欢自己金色的毛发，奔跑时带起一溜阳光。

　　我喜欢小区门口人来人往的超市，和每天准点去买一包烟的老爹。我出生于2010年5月18日，他在2010年6月12日带我回了家里，然后哭哭笑笑，不知道能不能这样一直到老。

　　然后我喜欢这样，不管全世界其他人喜不喜欢这样。

　　我是梅茜，一条喜欢写字的金毛狗子。

The Journey
with You

我们

The Journey
with You

窗台的每片棱镜，花瓶的每条纹路，空气中每一缕糕点的甜香，
夕阳穿越窗台的每一道金色，都在轻声诉说着这三个字。
我爱她。
满场除了悠扬的音乐，和人们怦怦的心跳，是寂静无声的。

梅茜这个名字的来历，有其他说法。路过广场，店长姑娘摘下渔夫帽，用脸蹭了蹭我的头，说："我知道的，其实这是个英文名字。"说完她把帽子戴在我的脑袋上，摸摸我的耳朵，说："真可怜。"

虽然我很穷，是一条很穷的金毛狗子，但也不至于可怜。

很久以前，我走路还没有学得非常好，每天练习四小时，比较累了，便趴下来睡觉。宠物店的仓库潮潮的，棉花和布条上有几条小狗挤着。我挤不进去，幸好顶上开着扇天窗，阳光洒下来，给我搭了张小床，这是我能找到的唯一暖和的地方。

仓库的狗子都被买走了,只剩我一个。可能跟我走路走得不好有关系,于是我把练习时间加到了每天六小时。

夜晚也从天窗撒下来,咣当一声,砸得粉碎,铺满整个水泥地,我的床没有了。

直到一天,老爹终于出现,他穿着拖鞋,一周来了七次,每次都和店长姑娘唠嗑。我偷听了一些,觉察到不对,作为一名顾客,他什么都聊,就是不聊价格,真猥琐啊。

仓库狗群只剩我之后,店长姑娘下午两三点会抱着我出门溜达,老爹带着汉堡来请她喝下午茶。店长姑娘一个汉堡咬了三百多口才吃完,老爹一口塞进嘴里,嚼都没嚼就咽下去了。冲这一点,我觉得自己很适合被老爹领走。

店长姑娘没空扯皮,经常把我丢给他。他蹭了一捧瓜子,抱着我站在棋牌室打麻将的众人后面,挥斥方遒。我抬头看看这个全世界最闲的作家,他解释过,这不叫闲,纯粹就是懒。

宠物店依次相邻棋牌室、便利店、小饭馆,以及公共广场,这些日后都会成为我的江山。

老爹不下场打麻将,热衷于指出各方的失误。社会各界人士按照他的指点,纷纷输了不少。其中包括便利店老板木头哥、饭馆厨子燕山大师、广场舞领袖天龙嫂,以及店长姑娘荷花姐。

棋牌室以前是售楼处,改成如今的休闲功能,其实跟官方没有关系,纯粹的约定俗成,所以没有经营者。麻将和扑克牌由木头哥提供,桌椅是物业留下来的。小区年纪最大的吴奶奶清晨在门口炸油条,摆摊负责开门,收摊负责锁门,算是为棋牌室义务劳动。

据我观察,木头哥沉默寡言,打牌风格朴实中带着一丝奇特。

他周一不出条子,周二不出万子,周三不出饼子,接下来继续轮回。用他的话说,反正没有技术,算不出别家在等什么,不如相信概率学。但他的概率学破绽太大,于是大家周一不做条子,周二不做万子,周三不做饼子,接下来继续轮回。

经过老爹指点,他麻将概率学进阶了,变为麻将拓扑学。摸到的第一张牌是什么花色,整局就坚决不出这个花色。老爹总结了两句口诀:放炮由我不由天,无脑囤牌赛神仙。

和木头哥天生相克的燕山大师,没什么烹饪上的专业技术,他家馆子出的菜全靠本能,除了量大别无优点。荷花姐买过几次他的盒饭,两荤两素十二块,吃完忧伤地说:"卖的人没挣到钱,买的人吃吐了,这到底图什么呢?"

老爹问燕山大师:"你为啥做个土豆丝,都搞这么大份?"

他说:"你也是个文人,听说过一句诗没有。"

老爹说:"啥子?"

他说:"燕山雪花大如席,吃我的一席大菜,就要配雪花啤酒,好男儿勇闯天涯。"

从此老爹就喊他燕山大师。

燕山大师非常啰唆，和木头哥形成鲜明对比，两个人互相鄙视，认为自己全方位更胜一筹。燕山大师的主要弱点在于已婚，已婚原本不算弱点，但经常被老婆跳出来毒打一顿，就不成体统了。

我们都怀疑木头哥暗恋荷花姐，证据非常多。传言他是个富二代，问家里要钱在宠物店隔壁开了家便利店，不为营利，只为爱情。用老爹的话来说，这家便利店近乎无耻，店里的货物全部都是荷花姐日常要用到的东西。

木头哥的想法依然建立在概率学上，这样其他人走进店的概率为零，荷花姐走进店的概率为百分之百。

难得小区门口有家便利店，就此毫无作用。老爹左思右想，不能改变便利店，那我们就改变自己。老爹号召整个小区的居民，一起学习荷花姐的生活习惯，她用啥，我们也用啥。小区居民对此有点犹豫，觉得是不是有略带变态的嫌疑。老爹自告奋勇、一马当先、死而后已、义无反顾走进店里买了件黛安芬的内衣。

全小区轰动了，当天出了三个新闻：

南京作家陈末头顶女式内衣，咧嘴傻笑摔进河里，小区居民深表同情，感动落泪，并且纷纷喊打死他。

木头便利店卖黛安芬女士内衣，说明荷花姐穿的就是黛安芬。荷花姐暴跳如雷，勒令木头便利店尽快整改。

木头哥从哪儿来的消息渠道，才确定去进货黛安芬呢？小区居民提出这个质疑，现场天龙嫂突然陷入半昏迷状态，所谓半昏迷状态，是指昏倒在地，趁人不注意，迅速走回家了。

木头便利店经此一役，逐渐正常营业，偶尔还能买到盐糖酱醋。老爹说，这个人不是呆板，而是对其他东西不上心，不在乎。

我问："你怎么知道的？"

老爹说："本来以为他傻了巴叽，又比较富裕，能去骗点钱，没想到使尽了手段，他就是没中过计。"

我将信将疑，直到周日燕山大师的老婆出现，要收缴本周小饭馆营业额。

燕山大师顶着光头，高高胖胖的，一米八的个子，体重两百斤，神奇的是他跟老婆加一块儿，平均身高还是一米八，平均体重还是两百斤。

所以这对夫妻打架，简直天崩地裂。暴龙举着菜刀，追杀哥斯拉，一步一个脚印，整个小区都在颤抖。老爹介绍："这是大伙儿非常重要的一个娱乐项目，你可以在旁边看，可以加油，可以鼓掌，但千万不要劝架。"

我问:"为什么,他们会反过来砍你吗?"

老爹说:"不是的,他俩没什么主见,一劝就和好了。"

当天我目睹了全过程,燕山大师告诉老婆,这周生意不好,没有人来吃饭。老婆接过一百多块钱,点点头说:"那下周加油。"

这就放过他了,果然没什么主见。

此时木头哥突如其来,走进饭馆,扔给燕山大师五百块钱,说:"这周天天在你这儿吃饭,今天一起结啊。"

燕山大师脸色大变,还没来得及解释,他老婆已经抓住板凳,咔嚓一声,板凳腿被掰成了两截。木头哥冲出门就喊:"打起来啦!打起来啦!"

这一架打得特别激烈,因为涉案金额庞大。

老爹偷偷说:"你看,木头哥不能惹,杀敌五千万,自损一个亿。"

燕山大师鼻青脸肿那两天,跟木头哥仿佛换了个人。木头哥面带微笑,没事就跟人问好。燕山大师深沉地思索,不知道在研究什么高深的问题。

最异常的反而是老爹,神秘兮兮地在宠物店晃悠,跟做贼一样。按照他的判断,燕山大师的报复必然出现在宠物店,与其碰运气,不如抢先一步占位置。

占什么位置?看打架的有利地形,相当于电影院第七排正中间。

皇天不负有心人,老爹捧着饭碗蹲在犄角旮旯,燕山大师满脸创口贴走进来，拎着塑料袋递给荷花姐："刚做的，青团，好吃。"

荷花姐摆摆手："我不怎么吃甜的。"

燕山大师说："我大老远送过来的，你就拿着吧。"

我跟老爹心中都是一惊，什么叫大老远，不就在隔壁吗？

荷花姐推不掉，接了过去，对老爹招手："一块儿吃。"

老爹狐疑地盯着青团，说："我可能也不怎么爱吃甜的……"

燕山大师勃然大怒，拿了一个就往自己嘴里塞，三口两口咽下去："你是不是以为我下毒了？老子吃给你看！"

话音未落，木头哥正好溜达过来，惊奇地问："你怎么在这儿？"

燕山大师转身就走，木头哥问老爹："什么东西？"

老爹一边吃一边回答："荷花姐给我吃的，青团。"

木头哥一把抢过去："什么给你吃的，都是我的。"

整个过程错综复杂，善恶交织，充满了对人性的算计。最终燕山大师吃了一个，老爹吃了两个，木头哥吃了五个。

所以燕山大师拉了一天，老爹拉了两天，木头哥拉了五天。

据说燕山大师一共放了半斤巴豆做馅儿。

这一来一去两个回合，我算了算，燕山大师被揍了一顿，拉了一天。木头哥损失五百，拉了五天，勉强打平。但老爹拉了两天，不知道图个什么。

老爹得意地说："要不是我当机立断，破釜沉舟，他们的仇恨可能就化解了。"

他们一群人整天吵吵闹闹,但老爹一直没有掏钱把我买下来。

所有人都知道,老爹要结婚了,想送一条狗子给新娘。

直到第七天,老爹咬咬牙,跟荷花姐做了商谈。

事后他跟我解释,七天我还没被卖掉,说明和他有缘分。

他蹲下来摸着下巴,挠我的肚子,咳嗽一声问:"多少钱?"

荷花姐说:"一千二。"

老爹说:"这么便宜。"

荷花姐说:"这只种不纯。"

老爹站起来,转圈,一脸沉思的样子。

荷花姐说:"你是不是在研究怎么砍价?"

老爹说:"感觉砍太多了不合适。"

荷花姐说:"没什么不合适的,你砍一下我看看。"

老爹说:"两百。"

荷花姐说:"你这就不合适了。"

老爹说:"我们一起来完成一件创举吧,我敢打包票,从来没有人这么干过。如果成功了,你可能会被世人歌颂。"

荷花姐说:"你走吧,我要打烊了。"

老爹说:"我快结婚了,因为钱不够,买的是二手房。又要装修,又要换家具,原本我手头确实有一千多,今天刚给老婆订了个包，实在周转不开。"

荷花姐说："一千多能买包？"

老爹奸诈地笑了，说："分期付款的。"

荷花姐说："所以呢，关我什么事？"

老爹握住荷花姐的手，诚恳地说："所以，这条小金毛，我们也分期付款吧，一个月两百，六个月结清。"

荷花姐震惊了，说："你真不要脸啊。"

我成为了世界上第一条分期付款的金毛狗子。

当老爹付款到我的卖身分期第二期，他结婚了。说实话，以我的狗脑子，不太理解婚礼这件事，但当成一场盛大的派对就好了。

麻将四人组给他出了很多点子，包括在酒店大门挂上 LED 屏，实时滚动客人们包的份子钱。比如，木头哥，礼金两百元，末等席；荷花姐，礼金一千元，头等席；燕山大师，礼金五张报纸，打断腿。

老爹穿得人模狗样，喝得屁滚尿流。事先把我托付给了荷花姐照顾，我那时已经不是巴掌大的小狗子啦，我静静地趴在她脚边，远远看着那个西装笔挺的男生。他眼睛里亮亮的，好像萤火虫攒了一辈子的灯火，今天要烧光光。

这是我仅有一次见过老爹穿西服，打领带，头发剪短，整整齐齐。

可惜了,听闻这套衣服花了不少钱。

这一天,满场欢呼拍桌子,我年纪又小,非常激动,差点尿了。

老爹站在台上,牵着新娘的手,对下边几十桌亲朋好友说:"我是陈末,感谢大家!"

台下一起鼓掌叫好,并且发出欢呼:"下去吧!"

老爹说:"今天我是新郎,给个面子行不行?"

燕山大师大喊:"想说什么赶紧的,我还等着开席!"

拍桌子跺脚起哄的人特别起劲,老爹认真地说:"我爱她。"

辉煌的酒店宴会厅垂挂着无数琉璃灯,粉红的、浅蓝的、深玫的、淡紫的花枝布满每个角落,音乐是个女孩的歌声,她在唱:

我希望有个如你一般的人

如山间清爽的风

如古城温暖的光

从清晨到夜晚

从山野到书房

只要最后是你就好

老爹说:"我爱她。"

整个大厅一下子从喧闹变得悄无声息，人们静静地看着他。窗台的每片棱镜，花瓶的每条纹路，空气中每一缕糕点的甜香，夕阳穿越窗台的每一道金色，都在轻声诉说着这三个字。

我爱她。

满场除了悠扬的音乐，和人们怦怦的心跳，是寂静无声的。

老爹对着女孩说："老婆，其实两年前你因为我到了南京，你没有朋友，也没有亲人，一个人住在公寓里面。当时我有一句话想对你说，可是平常说不出口，今天终于说出来了。"

这个没出息的东西，没到煽情的部分，居然开始哽咽了，哽咽的程度越来越剧烈，第一段讲了一半，已经泣不成声。

"有一次我们吵架，你躲在房间里面，在那边哭，然后我怎么敲门，你都不理我。听到你哭的声音，我发现，这个世界上，除了我妈妈，还有另外一个女人，她哭泣的声音会让我整颗心都碎掉。我怎么能让你哭呢，在我见过的所有人之中，你是最单纯、最善良的那一个。我觉得当时就快要死了，难过得要死，如果我死掉了，下辈子会做一个酒窝，这样有我在的话，你就永远是笑着的……"

老爹穿着西装，小镜穿着婚纱，而我是走进这个家庭的一条幸福的狗子。

老爹絮絮叨叨，台下有人凝视，有人微笑。我抬头看到荷花姐，她的眼泪掉下来，掉在我的耳朵上，我舔舔她的手心。她望着台上那片花海，眼睛里也有一只萤火虫。萤火虫裹在泪珠中，反射着全场的灯火辉煌。

荷花姐后来告诉我，人啊，自己幸福，会傻笑，最好的朋友幸福，会落泪。

所以这个星球每天举办的无数婚礼上，兄弟抱头痛哭，闺密哭花了妆，这是最珍贵的感情之一呀。

你是老爹最好的朋友吗？

萤火虫飞舞之前，是的。萤火虫死了之后，不知道了。

你快乐吗

The Journey
with You

滴答，很小很小的滴答，就跟老爹的眼泪从脸上滚下来的声音一样小。
伴随着可乐在冰箱里打呼噜的声音；
书架上有页纸偷偷想抖掉几行字的声音；
风满怀心事，在树叶上一笔一画记下来的声音。

　　那么小，我就明白了，人类喜欢混血儿，说混血儿聪明漂亮，但人类不怎么喜欢混血狗。
　　来宠物店的客人，许多都是特别懂品相的，他们说我太失格了。
　　我的毛没有那么金黄，而是闪亮的奶茶色，脸也比金毛冠军的标准细了些，恐怕这辈子也无法整容。
　　失格这个意思是说，失去了纯种狗的资格。
　　被判定为失格的狗会很惨，只有半卖半送才能找到人家。当时我看老爹戴副墨镜满脸傻笑，仿佛暴发户，心想他肯定不会贪便宜要我的。但老爹抱起了我，说："这条狗子的耳朵怎么那么大，哈哈，太拉风了。"

我在老爹怀里，头一次感觉自己的大耳朵还挺好看的。

我做梦也没想到，那副墨镜是他在小区门口捡的。他写小说，经常写一句话："我怎么穷得狗一样。"

他把我抱回家，搜资料买狗粮，买狗窝，以及分期付款。

老爹带我玩，小区人人爱养狗，尤其是泰迪。每到傍晚遛狗的时候，广场上全是泰迪方阵。泰迪的主人们很挑剔，在偌大的泰迪群中也能找到最贵的那只。

每当泰迪主人指出我的失格，老爹就掀起我的耳朵，说："喊，冠军贵宾有什么了不起，我家是小飞象。"

狗子的自信都是主人给的，我从畏畏缩缩变成小区一霸，都因为我爹没来由的骄傲。

我问老爹："你不介意我是条串串吗？说不定我祖上哪一辈还是条癞皮狗。"

老爹回答我："就算你是条癞皮狗，我也不会介意，你的耳朵那么大，太'酷炫狂霸跩'了。"

老爹心中的"酷炫狂霸跩"包括：一边工作一边去摆地摊，没钱的时候捡几个废纸箱卖掉，在饭馆连西红柿蛋汤都装进可乐瓶打包带走……这些明明没有错，做起来却觉得尴尬的事情，老爹都用

"酷炫狂霸跩"来解释。

老爹说:"梅茜你记住了,别人比品相的时候,你就说你耳朵大;别人比车子的时候,你就说你耳朵大;别人比房子、比钻戒、赛表盘的时候,你就说你耳朵大。"

我说:"老爹,你这样是不是自欺欺人不敢比呀?"

老爹说:"懒得跟他们比快乐,他们不懂。"

但是我懂,老爹和我一样,只要在乎的人也在乎你,那就十分快乐,外加"酷炫狂霸跩"了。

他一直很快乐,直到离婚那天,开始哭了。

他哭了很久。他以为自己哭了半年,其实我知道,他睡着了在梦里也会哭,这么下来应该算一年。当他把自己关进卧室,我就用脑袋推开门,咬着狗窝拖进去,摆在床边,悄悄躺下,听着老爹眼泪从脸上滚下来的声音。

那声音很小。

我在院子遇见过一只麻雀,他受伤了,摔进草丛。他死前两只脚抽搐了一下,对着我说:"我心碎了。"

然后我听到滴答一声。

滴答,很小很小的滴答,就跟老爹的眼泪从脸上滚下来的声音一样小。

伴随着可乐在冰箱里打呼噜的声音;书架上有页纸偷偷想抖掉

几行字的声音;风满怀心事,在树叶上一笔一画记下来的声音。

那么多声音,可是特别安静。

深夜的草地,老爹仰面朝天躺着,身边一堆啤酒罐。他闭上眼睛,说:"梅茜,是一个英语单词。"

梅茜。

Mercy.

喜欢的人不同情你,至少要学会怜悯自己。

个子小就小吧，幸福就好

The Journey
with You

我有十六个朋友，七个人，九条狗。都有段时间没见了。
其中有两个朋友是假的。我不太明白，不爱何必装欣喜。
老爹说不能点名，因为万一见面，
你还是要假装热情，我还是要假装雀跃。

　　每天都有人指着我说："哎，快看小金毛！"

　　我以为自己真的很小，看着走路经过的泰迪窜过草坪，在我家院子的栅栏钻来钻去，非常羡慕。于是鼓起勇气也去钻，结果卡在栅栏里了。

　　本来我打算用屁股先钻的，后来发现方向不太好把握，就用头先钻。才过去一只耳朵，半张狗脸动都不能动了。

　　其实还蛮疼的。

院子虽然很小，世界虽然很大，但不能钻出去，要堂堂正正从门口走出去，不然会被卡住脸。

老爹走过来，我怕丢脸，就没吭声。

他说："要不要我帮你推出去？"

我头没法动，嘴巴也张不开，只能喊"咕咕"。

他一推，疼得我眼泪当时就下来了，连声喊："咕咕咕咕。"

他说："那我拉你进来？"

我说："咕咕咕咕。"

他一拉，我灰头土脸地抽出来，不敢睁眼看他，"咕咕咕咕"地叫着，躲到躺椅底下。

过了一会儿，老爹抓了一把米，丢在我面前。我诧异地看着他，他说："你不是咕咕咕咕地叫，变成鸽子了吗？"

我气得眼泪当时又下来了。

我也不知道为什么，自己的个子就是比正常金毛要小一圈。这点困惑了我很久。

有一次老爹带我去超市，他在排队，我趴在他脚边。好不容易快轮到我们，前头是一对情侣。

女的说："快看，小金毛。"

老爹说："两岁了。"

男的说："哎呀，两岁长这么小，是不是种不纯？"

女的说:"养狗嘛,就要买纯种的狗,不纯的养了也白养。"

我听得眼泪当时又快下来了。

那男的一边唠叨,一边买了包二十块的金南京。

女的说:"不会是假的吧?"两个人一边说,一边就在那儿拆烟,打算抽一根看看真假。

老爹看都不看他们,丢钱到柜台,说:"拿包中华。"

木头哥问:"硬中华还是软中华?"

老爹说:"软的,我家狗不能闻五十块钱以下的烟味。"

木头哥说:"好。"

老爹说:"快点白痴。"

我们昂首挺胸离开超市,我偷偷看了眼那对男女,那个女的恶狠狠地盯着男的,把手里的烟捏断了。

回家后,老爹突然说:"梅茜,我是去买剃须刀的呀,怎么变成买烟了?"

我假装什么都没听见,钻进躺椅下面。

老爹愣了一会儿,点着烟说:"世事无常啊,胡子明天再刮吧。"

我隔着阳台,看院子外面,白色的栅栏,蓝色的天,绿色的树。

个子小就小吧,幸福就好。

小边牧的大飞盘

The Journey
with You

不叼拖鞋不啃茶几,我还是被揍过一次。
那天看到有辆车停在楼道口,我突然心里难过得要死,撒腿跑过去蹲在车门边,仰头用力摇尾巴,我想和以前一样上车。
车里下来陌生人,被我吓到尖叫。
老爹冲过来揪我耳朵离开,边跟人道歉边骂我,我号啕大哭。
老爹默默看着我,这是最后一次,后来就真的长大了。

小边牧和他的妈妈就住在我的隔壁,他是我在这个小区认识的第一个朋友。

有一天我们路过小区门口的超市,小边牧浑身湿漉漉的,傻傻地坐在石头台阶上。正对小边牧的马路,有个男孩拖着箱子离开,走进出租车。小边牧坐在那里,眼睛瞪得很圆,动都不动,似乎从此以后就要永远不走了。

我一直忘不了他的眼神呀,像雪碧里慢慢冒上来的很多的气泡,又透明又脆弱,倒映着拖着箱子的男孩,仿佛这就是整个世界了。

我问老爹："小边牧眼睛里那亮晶晶的是什么？"

老爹说："因为知道再也遇不上，碰不到，回不去，所以，这就是眷恋了。"

小边牧脚边放着飞盘，他叼起来，眼神一点点黯淡下去。

我问老爹："如果他飞快地跑飞快地跑，会不会有可能追上呢？"

老爹说："有时候我们跑得飞快，其实不想跑到未来，只是想追上过去。可是，就这样了，每个人都有深深的眷恋，藏起来，藏到别人都看不见，就变成只有自己的国度。其实不用怕啊，这些就是人生的行李了。"

小边牧叼着飞盘，摇摇晃晃站直，躲在超市里的女孩走出来，想拽走他的飞盘。小边牧死死咬住，一边哭一边不肯放。女孩也哭了，蹲在路边。小边牧呒哧呒哧跑过去，拼命仰着脖子，把飞盘举得很高。

后来我问小边牧："那时候你在想什么？"

小边牧说："妈妈哭了，就是下雨了，但是我没有伞，只有飞盘。"

那是个晴天，有只小小的边牧，用飞盘给自己的妈妈挡雨。

我啪嗒啪嗒走到隔壁，敲敲门，认真对着小边牧说："你好，我叫梅茜，请让我做你的邻居好吗？"

小边牧叼着飞盘，愣愣地点点头，说："好。"飞盘啪嗒掉在地上，他吧唧又叼起来。

我们可以一起长大，被最爱的人摸着头顶。可人山人海，总有人要先离开。失去的才知道珍惜，能失去的就不值得珍惜。

不如从现在做起，否则连身边的都会失去了。

老爹爱喝酒，经常醉醺醺地回家。

音响偶然会放到一首歌，叫作《浮尘》，里头有风沙和哭泣。在结束的时候，一个轻快的声音说："你看，他好像一条狗耶。"

茶几留着我啃坏的洞洞，墙壁留着照片脱落的胶水，窗帘永远停在半片耷拉的位置，房间温暖，一天天变化却变不掉以前的痕迹。

如果老爹清醒，就经常跟我们泡在一起。

面对老爹，黑背问的问题比我还多。边牧扑闪眼睛，摇摇尾巴，不乐意发言。

边牧就是这样，你不知道他想要什么。总有一些人，他说不出口，是因为觉得得不到。

老爹说，面对想要的东西，立刻去要是勇气；面对想要的东西，摇头不要是魄力。如何做到又有勇气又有魄力呢？那就面对想要的东西，今天要不到，明天我再来试试。

听老爹说完，边牧扑闪眼睛，依旧沉默。

之后我们忘记了这茬儿。天黑了我们去找边牧，他妈妈喝多了，趴在桌上喃喃自语，说："小小的幸福算个屁，一定要有大大的幸福啊。"

边牧默默和我们出门，飞快跑到路边，我跟黑背不明所以，陪着他飞奔过去。

过了很久,我忍不住说:"边牧啊,你告诉我们,从小苦练飞盘技术,是为了当幸福降临,要替妈妈接住。可是也别坐在马路边,仰头盯着酒店的顶楼发呆了。那是飞碟餐厅,我觉着很难掉下来。"

我劝他说:"回家吧。"

却拖都拖不走,还哭。

我和黑背只好静静陪着边牧,一起仰头盯着酒店顶楼那个大大的飞盘。

我也有过妈妈的,她开着一辆白色的越野车走了。

走在路边,开过去白色的越野车,我就会追很久很久。

也许,我也有眷恋。

番外：飞盘掉了！

如果站在六楼，往北边数七栋房子，就是梅茜家了。

1、2、3、7……这到底是四栋还是七栋？

哪天你迷路了误入一个小区，看见一只金毛经常飙到五十码，那就是我了。

速度太快有巨大的风险。我卷起风暴，超越声音，横穿落满树叶的草坪，突然斜角窜出辆小破孩的三轮车，急拐弯没刹住，往草坪滚出去十几圈！耳朵噼里啪啦抽着自己脸……旁边有条边牧叼着飞盘，一动不动震惊地看着我……

山炮，你飞盘掉了！

坦白说，也不知道他的眼神是震惊还是羡慕。我谆谆教导他，飞快地跑飞快地跑，跑到最高速度的时候，怒跳！

头奋力上扬，四肢平平打开，尾巴像疯子一样摇起来！注意，四肢一定要平平打开，用吃奶的力气伸出去！你会有零点八秒在滑翔！唯一的代价是，会整张狗脸拍在地面上……

边牧死也不肯尝试，他不像黑背，他没有大无畏的精神。

边牧的作用比较奇特。一次老爹给我五块钱，让我去门口买包中华，我说这点钱完全不够的。老爹挣扎着从沙发上爬起来，剑指着我大喝道："若买不回，提头来见！"

我悻悻出门，晃荡几圈，买几根火腿肠吃掉了。突然灵思闪现，分给隔壁边牧半根，让他跟我一起回去。

到家了，老爹挣扎着从沙发上爬起来，剑指着我大喊："中华呢？"我摇头。他刚要借机发挥，我迅速抓住边牧的耳朵，提起边牧的头。

老爹如遭雷击，倒退几步喃喃道："这就是提……提头来见……"

分家

The Journey
with You

但我偶尔会想他。
偶尔的意思是,每半小时想一下。

曾经呢,老爹有一辆白色的越野车,小镜坐在副驾,他会打开后排的车门,我连滚带爬地冲进去,一家三口去兜风。

兜风虽然愉快,可惜容易出事。

老爹穿衣服比较没谱,半夜带我去超市买火腿肠,懒得找外套,披条床单就出门了。小镜对此十分愤慨,觉得他拉低了整个家庭的着装水平。我倒是无所谓,丢脸这种事情我也算个行家,按照他的德行,没有屁股挂一口锅去逛街,已经比较讲究了。

老爹带着我去接小镜下班,兴冲冲地,还带了礼物。小镜刚上车,脸色铁青,说:"你看看你穿的什么。"

老爹说:"还行啊。"

小镜怒视他的脚。

他下身运动裤,鞋子却是一双皮靴。

小镜说:"你疯了吗?"

老爹傻笑,说:"急着接你怕迟到,随便穿的,有创意吧,哈哈哈哈哈哈……"

我没敢跟着笑,我又不傻,这时候附和他等于自杀。

在恐怖的沉默中开了二十分钟,小镜突然爆发了,说:"你下车。"

老爹说:"高架怎么下车?"

小镜说:"下车,我不想跟你在一辆车里。"

老爹和我被赶下车,一人一狗战战兢兢地沿着高架最边上,徒步走了半小时。车子在我们旁边呼啸而过,望着老爹的背影,我特别担心他想不开,一头从高架上跳下去。

他的礼物是一盒面窝,是白天他在家用油锅炸的。我永远记得他满脸面粉的样子,忙活着对我说:"人都有两个家,出生一个,结婚了又一个,以前那个就叫老家。小镜嫁到南京了,我要学会做她老家的小吃,她就会真的把这里也当成家。"

看来,他失败了。

类似的失败还有很多次，具体过程我搞不清。他们相恋三年，可是婚姻只有非常短的时间。

新家老家，最后分家。

分家前我只有一个狗盆，分家后我还是只有一个狗盆。

老爹把我送到宠物店住了一段时间，号称去外地出差。

我不想住宠物店，又哭又闹的，老爹说："坚持坚持，挣点钱买鸡腿吃。"

我说："你这就是逃避，快过年了出啥子差，老婆都跟人跑了。"

老爹气得手发抖，看样子要揍我。

我赶紧说："那我住宠物店吧，你去出差，不是逃避。"

老爹背着行囊，走出宠物店门口，荷花姐叫住老爹，说："今天你应该庆祝一下。"

老爹说："为什么？"

荷花姐摊开双手，晃了一晃，说："今天正好满六个月，你结完这笔账，梅茜的分期付款就结束啦。"

老爹愣了下，说："怎么正好是今天。"

荷花姐说："对呀，时间真快，我第一次碰到买狗还要分期付款的，更没想到你还能付完。哎，你哭什么……"

老爹冲她笑笑，比哭还难看。

荷花姐说:"照顾好自己。"

老爹点点头,走了。

荷花姐犹豫了一下,大声喊:"你还回来吗?"

老爹背对着她挥挥手。

我明白的,老爹心里一定在想,那么今天正式是一家人了,可是已经分家了。

小镜终究回去了,回到早饭是面窝的老家。

在宠物店我认识一些朋友,边牧和黑背什么的,大家一起玩球。

老爹不在,我偶尔会想他,整体是奔放而洒脱的。左拐小卖部偷火腿肠,右拐大排档等红烧肉,整条狗充满活力,就差能飞了。

但我偶尔会想他。偶尔的意思是,每半小时想一下。

我也想那辆白色的越野车。

彪形大汉的玻璃心

The Journey
with You

我现在速度五十码,耳朵七寸长。
我喜欢现在自己炸裂的样子。
几年前,我是条走一步滚一圈的小狗。
可是如果能永远停在2010年,
我愿意永远是条走一步滚一圈的小屁狗。

我在小区的第二个朋友是条黑背,据说是这个小区赫赫有名的武术家。

黑背长相凶残,一开始我不敢跟他玩。

晚上去广场溜达,黑背正在打坐。他看见我,假装不经意地大声喊:"五郎八卦棍之十二路弹腿,一定要连续弹十二次,才是正宗的!"

喊完就开始弹,后腿直立,前腿猛向前一踢,冲出去半米,这就叫弹一次。连弹十一次,弹到河边了,黑背犹豫了一会儿,大喊:

"死也要弹十二次啊!"

然后就掉到河里去了。

我拉他上来的时候,他眼圈红红的。

他说:"小金毛,你叫什么?"

我说:"我叫梅茜。"

他说:"你不要告诉别人好不好。"

我说:"我只告诉边牧。"

他大叫:"不可以!你将来告诉别人,我现在就会逐渐死去。"

我说:"为什么啊?狗子会游泳,你淹不死的。"

他闭上眼睛,缓缓躺倒,瑟瑟发抖,说:"但是好冷啊,梅茜,我快死了,活活冻死的,只有围巾才知道我脖子的温度,想要我活下去你就不能告诉边牧。"

我瞠目结舌,还押韵的。

从此以后,我再也不害怕黑背了。

从此以后,我们就经常在一起溜达,但对溜达的范围要求很高。一群猫和我们争夺地盘严重,溜达的划分区域始终拿不出妥善方案。

双方决定通过比赛解决。猫们推选代表向我提出,他们选定的比赛项目是爬树。我一口答应,旁边的狗子都大惊失色。

当天下午,双方各自召集军队,密密麻麻坐满了广场的树荫。杀气阵阵,我问:"准备好了吗?"引发无限的狗叫猫喊。

我一抬前腿:"开始!"

三十几只猫"嗖嗖嗖"蹿上一棵梧桐树,树下蹲着绝望的狗们,捶胸顿足。

我招来黑背,说:"黑背你在树下守着,不准下来一只猫。大家各自去玩吧,上兵伐谋,一网打尽,今日终于可以安逸一整天了。"

黑背蹲在草丛,一边镇守,一边左右看看大家有没有注意他,偷偷摸出一面镜子,开始目不转睛地盯着自己。

我满心狐疑,跑过去喊:"黑背,你干吗呢?"

黑背发现暴露了,讪讪收起镜子,说:"梅茜,你觉得吧,我哪个角度最好看呢?"

我说:"你抬头,再抬一点,果然!往左转呢,侧一点,不错!往右转,转,转,继续转,好的!可以了。"

黑背的脖子拧成麻花了,艰难又欣喜着说:"梅茜,是不是这个角度?我需要保持吗?"

我沉默一会儿说:"黑背,你就是传说中的360度无死角地难看啊!"

这就是黑背,拥有玻璃心的彪形大汉。

他具备双重身份——武术家和娘炮。

他给自己起了个英文名叫Hebe。这个娘炮。

有一次我和他吵架。黑背说："若非看你是个女的，我一巴掌就扇过去。"

我说："你是娘炮。"

黑背气得浑身发抖："你再说一遍！"

我说："娘娘腔，黝黑的玻璃。"

黑背嘴唇颤抖，眼眶泛红，说："你不要逼我！"

我说："狗中龙阳。"

黑背一怔，说："龙阳是什么东西？"

我说："还是玻璃的意思。"

黑背惨叫一声，泪水飞洒，掩面狂奔。

我转身看看边牧，边牧叼着飞盘，傻坐着，动都不敢动，眼睛忽闪忽闪。

我说："我厉害不厉害？"

边牧拼命点头。

我说："那你去帮我找黑背，警告他再也不要抢泰迪的饼干。"边牧拼命点头。

我说："还有……"边牧比画了个爪势，意思是记不住那么多了。

我犹豫一会儿说："还有，替我跟他说，对不起。"

至于他武术家的显赫身世，来自一次偶然事件。

小区隔三岔五做活动,清早起来在搞家具展销。我毫无兴趣,但黑背很兴奋,带着我去逛。

大爷大妈中间,黑背傲然穿梭,提醒我跟上,同时喋喋不休解释说:"瞧这红木桌腿,色泽发亮,酱香的。橡木折凳,硬邦邦,嘎嘣脆。松木不行,别看纹理清晰,太苦了。"

我好奇地问:"黑背,为啥你都知道?"

黑背得意地说:"厉害吧?我爸喜欢用这些跟我对打。"

黑背的爸爸长着络腮胡子,很少出门,撞到他要么拎着烧鸡,要么买一堆光盘。

我说:"你爸好像对生活的要求不高。"

黑背低落地说:"好累,感觉不会再溜达了。"

我问为什么。黑背说:"每次求老爸带我出去玩,老爸都说他正在忙。"

我说:"这就是你不懂事了,老爸要每天努力工作,才有钱给你买烧鸡呀,你要理解他!"

黑背眼睛一亮,说:"梅茜你说得好对……等一下,斗地主也算一种工作吗?"

冬不拉的红糖纸

The Journey with You

时间会摧毁一切。
我要我们永垂不朽。

亲爱的冬不拉：

　　天气越来越热了，作为一只比熊，我劝你不要剃毛。
　　你是今年3月份搬走的，我们一共见过二十五次面，我首先要第二十六次告诉你，我是女的，我不会跟你结拜兄弟的。
　　你的结拜大哥黑背最近很好，哭的次数比以前少了。最近一次哭是因为雨下得太大，六栋旁边那棵树掉了好多叶子。因为你的梦想是学会爬树，自从你走了之后，黑背经常去你练习的那棵树边上发呆，说他坚信你一定会成为全世界第一只会爬树的狗。

叶子掉下来之后，黑背把它叼回去藏起来了。

你的结拜二哥边牧最近倒不是太好。前几天他散步的时候，碰到一对夫妻吵架，女的很生气，把刚买的脸盆扔出去了。当时边牧眼睛一亮，就跳起来去接。由于脸盆蛮大的，所以边牧躺了好几天。

你还记不记得我的银行卡？

那张银行卡是我们一起溜达的时候，在路边捡到的。你们说我是女的，要有点钱将来当嫁妆，就让给我了。

你们说要是捡到钱，就往我的卡里面打。后来我去问过牛头㹴婆婆了，婆婆说卡的开户狗不是我，所以就算有人往里面打钱，我也拿不到。

我哭着跟老爹说，去银行帮我打个招呼，让我可以用这张卡。于是老爹去银行打招呼，结果人家骂他智障，他也哭了。所以你千万不要往里面打钱，要是真的捡到钱，就自己买包薯片吃。

我一直不知道你为什么想学会爬树。

黑背说你小时候换过主人，以前的主人跟你说，不要想他，他躲在树上，你再也看不见他了。黑背说如果你以前的主人躲在树上，那么叶子上就有他的气味，如果下次见到你，就把叶子送给你。

如果真的下次见到,我们再一块儿陪你练爬树好不好?

此致

敬礼!

梅茜

那时候,我不到一岁。我挠墙,撕床单,叼袜子,追着自己尾巴转圈。老爹看见我就气不打一处来,声称要把我五花大绑,捆在车轮胎上,一路开到乌鲁木齐,连续碾我两百多万圈。

有一天我控制不住自己,把羽绒被拉到阳台,扯成碎片。老爹回来后,我害怕得瑟瑟发抖,心想这下要从南京被碾到乌鲁木齐了。老爹只是叹了口气,和我一起躺在羽绒被的碎片上,喝了很多很多酒。

他说:"梅茜,我要离开你一段时间。"

我说:"老爹,我不咬羽绒被了,你不要走好不好?"

他说:"家里已经没有羽绒被给你咬了。"

我说:"那你要去哪里?"

他说:"我要去地平线看一看。"

我说:"地平线那里有什么?"

老爹沉默了一会儿,闭上眼睛说:"那里有一切你想念的人,正围在一起吃火锅。要是赶过去了,就能加双筷子,边吃边等日出。"

我说:"下次也要带我去,我也有想念的人,应该在地平线,我要跟大家一起吃火锅。"

老爹说:"好的,下次带梅茜一起去。去流淌时间的泸沽湖划船,去开满鲜花的大理散步,去一路高高低低红色山丘的青海吹风,去呼吸都结着霜的松花江溜冰,去人人都在打麻将的成都吃冒菜,去背包客们走来走去的拉萨看一眼大昭寺。"

我用力点头:"好的,这次不可以,下次一定行!从今天开始,梅茜会努力囤肉丸换车票!"

第二天我被送到荷花姐那里,再次看到老爹已经是大约两个月以后。荷花姐那里住着十几条狗子,她带着我们一起吃喝玩乐,四处溜达。

门口住着一条流浪狗子,是条比熊,头大身子小,荷花姐喊他冬不拉。

刚碰到冬不拉时,他神秘地说:"梅茜,你来,给你看个好东西。"

"神马好东西撒?"我啪嗒啪嗒跑过去,冬不拉贼兮兮地从草丛里翻了张红糖纸出来。

"介素神马?[1]"

冬不拉赶紧说:"嘘,这是我唯一的财产,叫作超级世界转换器。"

我接过来，仔细看看，不就是张红糖纸嘛。

冬不拉说："不要动！"然后把糖纸放在我眼睛上，激动地说，"梅茜，睁大你的狗眼瞧瞧，世界是不是变了？"

真的，整个世界变红了！天是红的，树叶是红的，马路是红的，连冬不拉也变红了。

冬不拉拿下糖纸，说："只能借给你五分钟，现在我要收起来了。这是我从家里带出来的呢，藏在草丛里半年啦。我每天只用一分钟，你今天已经用掉了我一周的份额。"

我说："冬不拉，你为什么不住家里，要出来住在外头呢？"

冬不拉呆呆地看着糖纸，说："因为爸爸说我的种不纯。"

我嘴巴张了张，说不出话。

这时春节临近，每家每户喜气洋洋，不用糖纸，都可以衣服红通通，脸色红通通，围巾红通通，手套红通通。

过春节的时候，边牧和黑背也被送到荷花姐这里托管。黑背找到冬不拉，说："给我看看超级世界转换器好不好？"

冬不拉摇头。

黑背想了一会儿，说："你给我看一会儿，我给你亲一下。"

冬不拉猛退几步，惊恐地看着黑背。跟他一起后退的，还有边牧和我。

黑背一下炸毛了，喊："信不信我用十二路弹腿弄死你们！"

冬不拉犹豫半天,说:"你发誓以后不亲我,我就给你看。"

元宵节那天,我浑身没有力气,就是躺着不想动,东西也吃不下。

黑背说:"梅茜你不会生病了吧?"

我摇摇头,说:"不应该啊。"

就这么一直躺到黄昏,荷花姐推门出去丢垃圾,一推,叫道:"冬不拉,你怎么回事!"

门口躺着冬不拉,一动不动。荷花姐将冬不拉抱进来,打电话。来了两个男人,一个男人戴着手套,抱起门口的冬不拉,说是狗瘟,要挂水。

荷花姐说:"挂水多少钱?"

男人报了个数字,荷花姐叹口气。

男人说:"这条比熊不纯,是个杂种,挂水没有意义。"

荷花姐说:"那怎么办?"

男人说:"我带回去慢慢养吧,看他的命了。"

荷花姐又叹了口气,回小房间给客人带来的狗子洗澡。

另外一个男人说:"走吧,杂种狗,找个地方扔了。"

荷花姐在里屋,听不见的。

我一点一点站起来,眼泪哗啦啦地掉,冲着门口大声地喊:"那你们把我也丢了吧，我也是个杂种，你们丢了我吧！丢了我吧！"

冬不拉被一个男人的手抓着，整个身子垂着，努力转过头，呆呆地看着我。

他嘴里牢牢地叼着那张糖纸。

然后他的眼神，像雪碧里慢慢浮上来很多气泡，又透明又脆弱，倒映着春节后喜气洋洋的世界。

是因为知道再也遇不上，碰不到，回不了。所以，这就是眷恋了吧。

我拼命顶着栅栏，眼泪喷着，拼命叫，拼命喊："我的种也不纯，我也是个杂种，你们把我也丢了吧！"

两个男人抱着冬不拉走了。

天就快黑了。我要去找老爹，问老爹借钱，给冬不拉治病。

老爹在地平线那边。

黑背凑到我耳边，小声说："梅茜你记住，你只有半分钟时间。我跟泰迪大王商量过了，他们十九只泰迪负责吸引阿姨的注意力，然后你就逃出去。"

我说："怎么逃？"

这时候，突然里面房间的泰迪同时狂叫起来。荷花姐丢下手里的拖把，去看发生了什么情况。黑背突然狂吼一声，在空中一个翻滚，大叫："十二路弹腿！"

他猛地撞上栅栏，"咚"的一下被弹回来。

他是想趁机撞翻栅栏吧。

黑背眼睛通红,擦擦眼泪,狂吼一声,说:"边牧,不要叼着飞盘了,放一会儿,和老子一起把栅栏弄翻吧。"

边牧放下飞盘,说:"好。"

两条狗子狂叫一声,扑上去,栅栏倒了,带着一排柜子都倒了。

黑背看着我,突然大声喊:"梅茜跑啊,去找你老爹,去把冬不拉救回来啊!"

于是我箭一样冲了出去。我奔上马路,黑背和边牧站在门口,在我身后,声嘶力竭地大声喊:"梅茜,跑啊!"

这是我第一次听到边牧的喊声。

他也在喊:"梅茜,跑啊!"

我对着太阳,对着地平线,疯狂地跑。眼泪飘起来,甩在脑后。

梅茜,跑啊!

超过路边散步的人,超过叮当作响的自行车,超过拥挤的公交,超过排队的站台,超过一棵棵没有叶子的树,超过一切带着冰霜的影子。

梅茜,跑啊!

这不是个红的世界,我要帮冬不拉把糖纸追回来。我能听到自己的心跳,听到自己的喘气,喷出来的白色雾气模糊双眼。但是,梅茜啊,你要跑到地平线去,不然冬不拉就会死掉。所以,梅茜,跑啊!

梅茜，跑啊！

老天给我们躯干四肢，就是要捕捉幸福，尽力奔跑！老天给我们眼耳口鼻，就是要聆听天籁，吻遍花草！老天给我们"咚咚咚"跳动的心，就是要痛哭欢笑，一直到老！

而我们要去流淌时间的泸沽湖划船，去开满鲜花的大理散步，去一路高高低低红色山丘的青海吹风，去呼吸都结着霜的松花江溜冰，去人人都在打麻将的成都吃冒菜，去背包客们走来走去的拉萨看一眼大昭寺。

梅茜，跑啊！

我跑得双眼模糊，浑身发抖。但耳边一直回响老爹的声音："梅茜，你记住，正能量不是没心没肺，不是强颜欢笑，不是弄脏别人来显得干净。而是泪流满面怀抱的善良，是孤身一人前进的信仰，是破碎以后重建的勇气。"

所以，梅茜，跑啊！

* * *

[1] 这是什么？

后来……

我在河边找到冬不拉。

他浑身都是泥巴,眼睛闭着,一动不动,嘴里叼着一张红糖纸。

我想推推他,但自己也没有力气,就一点点趴下来,趴在冬不拉旁边。

大概,我会和冬不拉一起死掉吧。

我讨厌狗瘟,我讨厌打针挂水,我讨厌莫名其妙地掉眼泪,我讨厌自己软绵绵地没有力气,我讨厌走不动,我讨厌这样冷冰冰的地面。

我想念老爹。

假如,假如我们永远停留在刚认识的时候,就这样反复地晒着太阳,在窗台挤成一排看楼下人来人往。

我不介意每天你都问一次:"小金毛啊,起个什么名字好呢?"

那,叫梅茜好了。

老爹在离开我之前的晚上，醉醺醺地趴在沙发边。

我问老爹："金毛狗子厉不厉害？"

老爹说："非常厉害。"

我说："厉害在哪里？"

老爹想了一会儿说："厉害在攻击力为零。"

这个打击相当大，我连退几步，感觉晴天霹雳，攻击力为零攻击力为零攻击力为零攻击力为零攻击力为零……难怪每个保安看见我都兴高采烈地说："梅茜，来，抱抱。"

我要咬死你们啊咬死你们啊！

我疯狂地冲出去，转了好久，才碰到一个保安，赶紧连头带腿猛扑！

保安看见我，兴高采烈地说："梅茜，来，抱抱。"

我一个急刹车，兴高采烈地说："好的！"

…………

咬死保安的计划失败。我哭着回家。

"老爹，我咬不死人怎么办？"

"梅茜，你可以尝试拥抱他。"

"老爹，这是不是攻击力为零的命运？"

"嗯。"

"那你要去远方，是不是也因为自己攻击力为零？"

老爹没有回答，睡过去了。第二天他去了远方。

我想，自己死掉了，现在奔跑不到终点，就能踩着老爹的脚印，飞到那些我们梦想中的地方吧。

那里，每个人的攻击力都为零，互相拥抱。

在最好的天气，最好的问候里，我可以跟老爹吃火锅，看小说，喝一点点啤酒。

我看着自己布满泥浆的爪子，脑袋挪到上面，那是让老爹摸摸头的姿势。

边牧和黑背气喘吁吁地跑过来。黑背大呼小叫："梅茜！你怎么死得比冬不拉还要快？"

边牧放下飞盘，定定地看着远处，小声说："梅茜，你瞧那边，是不是你老爹？"

我甩甩耳朵，拼命仰起脑袋，往边牧说的方向看。

嗯，这是老爹离开后的第五十五天。

看那垂头丧气走路的样子，就是他了呀。

还没等我确定，黑背大叫："看那垂头丧气走路的样子，就是你老爹了呀！"

黑背上蹿下跳："我不会游泳，边牧你会不会？过去把梅茜老爹喊过来啊！"

我努力说："不要！河里全都是泥巴，会爬不出来的。"

边牧沉默一会儿，呆呆地说："那我跳过去。"

黑背大惊失色，下巴差点掉了，震惊地说："边牧你会草上飞吗？这么远也跳得过？"

　　边牧摇摇头："我从来没有跳过那么远。"

　　黑背急得团团转："完蛋了！"

　　边牧用脚推推飞盘，对黑背说："你把飞盘扔出去，我就假装是去接飞盘，可能会跳得远一点。"

　　黑背嘴巴张大："这样也可以？"

　　边牧没有回答他，后退了好几步，喊道："黑背，扔啊！"

　　黑背龇牙咧嘴，咬住飞盘，用尽全身力气，把飞盘甩向河对岸。

　　太阳要落山了。飞盘笔直射进金黄色的光晕里。

　　边牧一声不吭，疯狂地冲刺，那一瞬间，我确定他超过了我的五十码。

　　因为他像闪电。

　　他要去接飞盘。

　　就像我们都是攻击力为零的白痴，他只懂得拥抱，所以他的命运就是去拥抱那个男孩唯一留下来的飞盘。

　　在边牧沉默的冲刺里，黑背眼泪四溅，大喊："如果可以，请你飞起来啊边牧！"

　　曾经有人抱抱我，对我说："梅茜，时间会摧毁一切。"

但我要我们永垂不朽。

人山人海，总有人要先离开。

失去的才知道珍惜。能失去的就不值得珍惜。从现在做起，否则连身边的都要失去。

所以，请你飞起来啊边牧！

于是边牧飞起来了。

边牧飞起来了。

去追那个飞盘。

太阳要落山了。边牧笔直射进金黄色的光晕里。

梅茜：“你说我把烟灰缸、海碗、王老吉、锅盖、吧椅、香蕉、枕头、五斗橱、抽油烟机、毛豆米、鲳鳊鱼、扑克牌、平底锅、漏勺、iPad、衣架子、保险箱钥匙、门卡、蓝光播放器、蒸笼、茶几……全部同时丢出去，隔壁那条边牧能接住几个？”

老爹：“呵呵。”

The Journey with You

第 2 话

记得带我回家

The Journey
with You

你在悲伤的时候,要允许我有机会躺在你脚边,
我的脑袋毛茸茸的,你摸一下会暖乎乎的。
你在快乐的时候,要允许我有机会绕着你奔跑,
这是我表达幸福的唯一方式。

我的世界很小。哪怕尽了全力,还是有无数的地方是远方。
被海豚追逐的薄荷岛,坐上门板当火车的柬埔寨,
悬崖上色彩斑斓的五渔村。
最美的地方我都到不了。
我能做的事情很少。在门边等你回家的脚步声,
在草地上追逐同样晒着你的阳光,
听雨点打在玻璃上的声音。
我是金毛梅茜。我讲故事给你听,你要记得来看我。

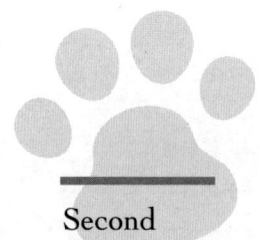

Second

斜着穿越城市，绿灯亮起，行人凶猛，我夹杂在人群中过马路。

过了一个又一个路口，繁华的大街，深幽的小巷，还沿着湖泊走了一段。

天黑了，雨哗啦啦下，我在天桥下面躲了一会儿，舔了几口雨水。

我很讲卫生的，但是太渴了。

雨越下越大，路面倒映着霓虹灯，仿佛整个城市颠倒了。我不想等了，踩着大大小小的水坑，嗒嗒嗒，嗒嗒嗒，继续向前。

我会收集你所有的脚印，雨水打湿的要晾干，微风吹乱的要整理，夜晚淹没的要擦亮。

有些地方走不过去，我也要努力试试看。在睡觉之前，把它们都铺开来，撒满我的四周，假装你围绕着我的世界在转。

老爹说，相聚分离都是偶发事件，但我们永远都要在一起。

没关系，这些是我的财产，梅茜一定要好好保管。

The Journey
with You

出发

The Journey with You

"那我们还能做朋友吗?"
"可以,当然可以。"

老爹回来以后,似乎接受了自己是个离异中年男人的现实,整个人积极向上,几乎到了猥琐的地步。

他依旧不工作,号称没有灵感。根据我的观察,他打开过一次电脑,写了一行字:啊,春天不错的。

过了半个月,再次打开电脑,句号改成感叹号。又想了想,把"春天"改成了"春卷"。

这样的工作效率,导致我们家经济状况每况愈下,老爹翻箱倒柜,把床底下藏着的几箱茅台酒拖出来,卖掉了。

接着就是大口吃肉,大碗喝酒的生活。

他去斩烤鸭,人半只,狗半只,对此我表示满意。但他吃烤鸭的时候,坐在院子里,冲着对面二楼阳台的女式短裙,一边吃一边发出嘿嘿的笑声,让我有点狗毛悚然。

果然,他对我这条无法自食其力的狗子提出了要求。

狗的悲哀就在这里,没有工作,没有工资,傻爹要干傻事,你也只能服从。

老爹说:"梅茜,你能不能叼个妹子回来?"

我说:"妹子比我体积大,我可能搞不定。"

老爹说:"你天天叼瓶子破布什么的,不会有什么出息,叼妹子才是正道。"

我说:"你不是刚离婚吗,没车没钱,妹子看不起你。"

老爹沉思,叹气说:"这倒也是,要想想办法。"

我点点头,说:"老爹,开始崭新的生活吧!"

老爹点点头,说:"崭新的生活,从你学会叼妹子开始!"

烤鸭吃完,老爹手机响了。

他去洗手,我叼着手机在旁边等,没看清屏幕,他接过手机的瞬间,我突然整颗心揪了起来。

铃声一直响,老爹接了。

老爹的声音很平静:"你好。"

我耳朵非常厉害,听见手机里说:"陈末,你还好吗?"

"我挺好的,你有事吗?"

"其实,我应该跟你说对不起的。"

"大家都是成年人,这种事情,正常。"

"你真的没事?"

"没事。"

"那我们还能做朋友吗?"

"可以,当然可以。"

老爹的声音越来越平静,但我看见他的脸上眼泪慢慢滑下来。是这样的吧,人们心里的萤火虫,都在泪水中死去。

手机里说:"陈末,我要结婚了。"

我打了个冷战,这边还没走出离婚的阴影,那边就快走进婚姻的殿堂,闻者落泪,听狗惊心。

老爹爽朗地笑了:"恭喜啊。"

"其实今天开车回了趟南京,去单位拖一点东西,上次没带走。车子坏了,放在以前那家修理站,你方便的话,等修好了,找个代驾开给我行吗?"

老爹保持爽朗的笑,像视频卡住了,有声音,没动作。

手机里问:"喂,喂,你在听吗?"

老爹擦擦脸,说:"没问题。"

"麻烦你了。"

"不麻烦。"

"嗯,你好好的。"

几天后,老爹取了车,带上我,开出小区。

终于又坐上这辆白色越野车了,我高兴地蹦跶,脑袋伸出窗户,风吹得耳朵啪啦啪啦打着脸。

小区门口,荷花姐招手,老爹停下车问她:"怎么了?"

荷花姐问:"你去哪儿?"

老爹说:"吃饭不小心腿摔断了,去医院抢救。"

荷花姐翻个白眼,说:"人家又要结婚了,你干啥,抢亲?"

老爹张大了嘴巴,震惊地说:"你怎么知道?"

荷花姐说:"那啥,有朋友圈。"

老爹晃了晃,说:"哈哈哈哈哈哈哈哈……"

荷花姐说:"完了,看来你被屏蔽了。"

老爹说:"无所谓,她车落在南京了,我给她送过去。"

荷花姐掏出钱包,抽出几张给他:"油费。"

老爹说:"怎么能要你的钱……这个不够啊!"

荷花姐说:"就这么多,记得要还。"

老爹说:"好的。"

老爹上路之后,我往后看,发现荷花姐在宠物店门口,一直站着，直到车子拐弯，消失不见。

荷花姐不算非常美丽，中短发垂落耳边，平常穿衬衣牛仔裤。但清晨的阳光下，她站在店门口，只有我发现，她穿着粉粉的裙子，像微风中一片花瓣，逐渐变淡，淡到没有。

也只有我知道，我被寄养到宠物店的时候，看到她偷偷读着老爹的书，偷偷地哭。

我从未想到，这是我见到荷花姐的最后一面。

她就是非常美丽的，对不对？

借宿

The Journey with You

不好意思先生，您闺女不能入住。

这是我第一次坐长途车，开得好远好远。老爹为了省钱，不住酒店，晚上就跟我缩在车上睡觉。他后备厢里塞着水盆和毛巾，去加油站打水刷牙洗脸，凑合了一夜。第二天黄昏，到了遥远的小镜老家。

这下总能洗澡了。

老爹找了连锁酒店，跟前台说："来个标间。"

服务员瞄我一眼，说："不好意思先生，宠物不能入住。"

老爹一愣，偷偷递给服务员一张一百块。

服务员不接:"不好意思先生,宠物不能入住。"

老爹说:"那来个套房。"

服务员说:"不好意思先生,标间套房宠物都不能入住。"

老爹生气:"她不是宠物,是我闺女!"

服务员说:"不好意思先生,您闺女不能入住。"

老爹开车瞎转,找到家宠物店,门面特别大。他数了数皮夹子里的钱,嘿嘿一笑,昂首挺胸带着我走进去。

店员穿着制服,热情地介绍:"本店每条狗子都有自己的单间,配备小床,空调,二十四小时随时监控您爱犬的状况。房间每天打扫消毒,喷法国进口宠物香水,绝对没有异味。后面有块草地,还有泳池,供您的爱犬玩耍娱乐,当然,游泳单独收费。小床房和大床房价格不等,可惜今天单间客满,只剩最后一间总统套房,您需要考虑吗?"

老爹目瞪口呆,说:"看看。"

穿过天蓝色的长廊,店员推开最里面的门,说:"就是这间。"

老爹探头观察:"这还挺大,多少钱?"

店员说:"888一晚。"

老爹说:"这得有七八个平方了吧,两条狗住的话,涨价吗?"

店员说:"如果不额外加狗粮的话,收费是一样的。"

老爹说:"不错不错,前台给钱?"

店员说:"请跟我来。"

他们最后的对话是这样的。

店员:"先生,您不能睡这里边……先生……先生……老板,你快来看,有人睡狗窝了!"

老爹:"呼……梅茜你往那边一点太挤了……呼……"

樱花和别的地方

**The Journey
with You**

樱花有影子的,躺在树底下睡觉,应该能做和天空有关的梦。
另外一个城市,小镜的老家,方言不一样,早饭不一样,
人们的梦想应该都是一样的吧。
狗子的梦想,就是留在老爹的身边。

  老爹带我到了一个华丽的酒店门口,那里飘浮着热气球。喷泉池旁边立起一张巨大的海报,上面的小镜挽住陌生男人的胳膊,也是婚纱,也是西服,两个人笑得多么灿烂。
  只从照片判断的话,这套西服应该比老爹的贵,光看他的衬衫领子就十分高级,花团锦簇,像鸡蛋在微波炉里爆炸了。
  至少这个男人不会穿运动裤搭配皮靴吧。
  老爹站了半天,我差点发现不了他的呼吸,略担心直面贫富差距对他的冲击,就这么去世了。

他呼吸了!

他重重呼出一口气,还整了整领子,才踏进酒店。

迎宾摸了摸我的头,说:"今天婚礼允许宠物入场,她叫什么名字?"

老爹说:"叫狗蛋。"

迎宾说:"狗蛋真是胖。"

他向老爹鞠了个躬,说:"人比较多,请务必带好她,走丢了总归麻烦。"

老爹也鞠了个躬,说:"如果弄丢了被您找到,就当给您加个菜。"

我气得差点咬死这两个王八蛋。

我们刚进电梯,门"叮"的一下,即将关闭,一只手挡住了它,几个男人嘻嘻哈哈拥进来。他们都穿着西服,最后进来的那个,和酒店门口照片上的男人一模一样。

他的衬衣领子花团锦簇。

老爹用卫衣的帽子套住脑袋。

我没有帽子,就用耳朵遮住脸。

真奇怪,为啥我们一人一狗有点心虚。

"老哥你这就结婚了,夸张啊,我现在还感觉跟做梦一样。"

"是啊,你俩也就交往了大半年吧?"

那些伴郎七嘴八舌,新郎说:"时间短怎么了,我们是灵魂伴侣。"

其他人起哄:"兄弟你开厂的,别整得太文艺。"

新郎说:"我跟她认识的时候,她已经想离开她的前男友了,但一直没下这个决心。"

这句差点吓破我的狗胆,耳朵咔嚓竖起来了,我又不是柯基,这违背了生物学,但顾不上了,偷偷扭头望老爹,他的脸藏在帽子的阴影里,看不清楚。

他们还在聊天。

电梯的数字从1跳到了17,18,19……

伴郎们挤眉弄眼:"兄弟你不地道啊,挖墙脚。"

另一个说:"闭嘴,你懂个屁,嫂子不是墙脚,是仙女脱离了魔窟。"

新郎说:"那小子跟小镜好了三年,连个香奈儿包都没给人买过,是他错过了机会。"

我呆呆地看着这群人,眼泪就要冲出来了,我想大声喊:"老爹买了,老爹买了烤鸭,还做过红烧肉,拖地洗衣服,他的拖鞋都被我咬烂了！他的零花钱都不够自己买双洞洞鞋！"

新郎说："也许有过爱情吧，幸亏没有爱下去的能力。"

害怕他们听见我的哭声，我躲在了老爹后面。

老爹的腿在抖。

顶楼走廊人影穿梭，闹哄哄。我们推开户外玻璃门，老爹把我拴在游泳池边的扶手上，招手唤来服务生，跟他说："帮我叫一下薛先生，就说有老朋友找他。"

我心惊肉跳地趴着，眯着眼发现他在做热身运动，小碎步拳击空气，龇牙咧嘴，目露凶光，杀气腾腾。

我心里琢磨，打起来的话，我拼死咬住新郎的大腿，老爹的胜算会直线上升，高达0.4%。

大概过了五分钟，新郎推门出来，老爹瞬息躲在灯架后头。新郎点了支烟，左右找不到人，纳闷地自言自语："谁啊，大学同学吗？"

他看见我了。

我躺那儿屏住呼吸，一动不动。

糟了，可要露馅，我尾巴在颤抖。

新郎说："这谁家的狗，喂，小东西，你怎么在这儿？"

我装死。

死得透透的,老爹动手的刹那,我必须跟上节奏,迅速复活,扑上去咬住他的大腿!

新郎蹲下来,拍拍我的脑袋,掏出手机打电话。

老爹跟个营养不良的盗贼一样,蹑手蹑脚出现在他背后,举起拳头瞄准。

新郎打通了电话:"我在泳池,这儿有只狗像是病了,叫你们经理赶紧来看看。"

他放下手机,找了一会儿,从兜里找出一颗糖,放在我的嘴边,一边摸着我的头,一边说:"小朋友,坚持坚持。"

他摸我的手很温柔,老爹举起的拳头僵在空中,迟迟没有砸下去。他回头,看见老爹,愣了一下。两个人对视了一会儿,分别从眼神中读出了什么。

老爹无声地叹了口气,拳头松开,抹了把脸:"梅茜,走了。"

我早就受不了这种尴尬的折磨,跳起来,犹豫了下,并没有叼起那颗糖。

新郎微笑,说:"这是你的狗啊?"

他又摸摸我的头,说:"搞了半天你在睡觉啊,睡这么香,你爸来了我就放心了。"他转身递给老爹一支烟,"我先走了。"

他跨过玻璃门的时候,停顿一下,并没有回头,只是说了一句:

"对不起。"

窝囊的老爹抽了半支烟,露台能望见远方的樱花,这座城市的道路在夜色中藏着粉红,月光和灯光让樱花像一片柔软的云雾。

樱花有影子的,躺在树底下睡觉,应该能做和天空有关的梦。

另外一个城市,小镜的老家,方言不一样,早饭不一样,人们的梦想应该都是一样的吧。

狗子的梦想,就是留在老爹的身边。

小镜穿着婚纱走来,也像一片柔软的云雾。

她细声细气地说:"小薛让我过来,说你到了。"

老爹说:"他对你好吗?算了,这是个傻问题……"

小镜点点头:"挺好的。"

老爹把车钥匙递过去:"我太消沉了,也太固执了,确实没什么前途,谢谢你还跟了我三年。"

小镜说:"我没有后悔。"

老爹说:"后悔也没关系,只是害你成了二婚选手。但这是新生活啊,是你想要的生活。对不起。"

小镜说:"你带着梅茜,怎么回去?"

老爹说:"租辆车就行。"

小镜说:"连着开这么远,会很累的,比较危险。这样吧,我也挺想梅茜的，我带几天，你坐高铁，休息下再来接她。"

老爹说："也好。狗粮的牌子你还记得吧？"

小镜点头。

老爹说："那我走了。梅茜你要乖，我过几天来接你。"

我呆呆地望着他，又看看小镜，你们的剧情随便发展，怎么牵扯到我了，狗脑子一片空白，狗眼睛不知道该表达什么情绪。

老爹离开的时候，小镜说："对不起。"

这三个人分别都说了对不起，大概含义都不同吧。

老爹不见了，我这才反应过来，怎么又要被寄养了呢，樱花除了抒情又不能吃，我不要待在这里！

我疯狂地扑出去，想往外追，爪子刨地，牵引绳被小镜还有服务员死死拽住。

老爹真是个胡乱承诺的人，这次把我也搭上了。老爹后来解释，当时混混沌沌的，别人说什么，都会点头，其实心中根本不乐意的。

后来解释有个蛋用，我还不是被留在这儿了，我只能号啕大哭了一场。

这里樱花开放，但不是我想要的地方。

大雨让整个城市颠倒

The Journey with You

雨越下越大,路面倒映着霓虹灯,仿佛整个城市颠倒了。
我不想等了,踩着大大小小的水坑,
嗒嗒嗒,嗒嗒嗒,继续向前。

人类的婚礼,前奏漫长,后患无穷,我也算经历两次了。我住在小镜家,连续三天没有看到她。她让妈妈买了狗粮,每天带我溜达,但我没什么力气,既不想吃东西,也不想出门。

第四天老太太在叨咕,说这狗再不吃东西,就得打电话告诉老爹,让他在电话里骂我。

凭什么骂我,我丢开玩具鸭子,扒着阳台,眼巴巴望着楼下车水马龙。

一辆白色的越野车开过去。我看到了,是越野车,白色的。

血全涌上了狗脑门,团团转,我控制不了自己,趁着有人开门,似乎是小镜回家了,我像发了疯一样,从门缝冲出去。

后头听到小镜和老太太的呼唤,但我撒开腿,拼命追那辆车。车上应该有老爹,有以前的生活,有熟悉的自言自语。

喝醉的老爹曾经趴在地板上,头顶着我的狗窝,说:"梅茜你知道吗,面窝其实要用黄豆。大米和黄豆一直泡,泡啊泡,软了以后搅拌成黄豆米浆,再放调味料,盐啊葱啊生姜啊什么的,才能丢到油锅里炸。炸成金黄金黄的,我以前不懂怎么做出来中间那个洞,原来是有专门的面窝勺子,对了,得撒点芝麻,那才叫香。"

我就问:"小镜的老家在哪里呢?"

老爹说:"从这里往西南开,开个几百公里就到了。小镜当年呢,就是从那里,往东北方向开了几百公里到的南京呀。"

我冲上马路,沿着街道狂奔,没找到那辆白色越野车。

会找到的,虽然不认识路,但我记性很好,反正老爹说过,往东北方向,几百公里,我就到家了。

太阳升起的方向,往左边歪一点,应该是东北吧。我方向感很好,是知书达理的狗子。

斜着穿越城市,绿灯亮起,行人凶猛,我夹杂在人群中过马路。过了一个又一个路口,繁华的大街,深幽的小巷,还沿着湖泊走了一段。

天黑了，雨哗啦啦下，天桥下面躲了一阵，舔了几口雨水。

我很讲卫生的，但是太渴了。

雨越下越大，路面倒映着霓虹灯，仿佛整个城市颠倒了。我不想等了，踩着大大小小的水坑，嗒嗒嗒，嗒嗒嗒，继续向前。

我全身湿透，特别难受，直到半夜，雨才停了。我的肚子很饿，夜宵摊子摆出来，香喷喷的。

最大的一家烧烤摊，十几张桌子摆在户外，人们有说有笑，啤酒堆了一箱又一箱。我饿得发晕，凑近一个客人，盯着他手里的排骨。

吃排骨的花衬衣说："会握手吗？握个手就给你吃。"

要求过于简单了，我点点头，把手给他。

花衬衣震惊了，说："亲娘啊，不但会握手，还会点头，给你吃给你吃。"

我一口咬住他丢过来的排骨，太辣了，辣得要哭啊，嘴巴跟被刀子割了一样，舌头吐出来，放在一个小水坑里泡泡。

这是夜宵一条街，还有流浪歌手。他头发披肩，扎了几十根小辫子，衣服破破烂烂，背着吉他，走过来，给我喝他的矿泉水。

小辫子说："看来你不是本地狗，吃不了辣。"

本来想嘲笑他，看在给我水喝的分儿上，算了。他拿着歌单，走到一桌人旁边,说:"老板,点首歌?"

客人说:"走走走。"

小辫子无奈笑笑,换下一桌。

我思索了下,这人心地不错,帮帮他的话,可能还会买火腿肠给我吃。我跑过去,抱住他的腿,叼走他手中的歌单。

小辫子愣住了。

我叼着歌单,又走回那桌,满脸期盼地望着客人。

隔壁桌的花衬衣更加震惊了,说:"这狗神了,你们点不点,不点我点,我得给她面子,说不定她还能教我数理化。"

他想得美,我自己数理化都狗屁不通。

这桌是对夫妻,女的说:"老公,你看狗子让我们点歌呢。"

男的说:"来一个来一个!"他对小辫子招招手,"唱你拿手的,走起!"

小辫子唱了一晚上,我在异地他乡打了一晚上的工,叼歌单叼得嘴巴麻木了。客人散尽,老板清扫地面,准备打烊,远处的天边隐约亮起了白。

小辫子点了几份烤馒头,分我一半。他自己喝着白酒,吧唧吧唧吃得贼香,干一杯,对我说:"你是小女娃子吧,我平时一周都没今天赚的多,你多吃点,不够我再点。"

我狼吞虎咽,他倒点水给我,说:"要不以后你跟着我混,有我一口，就有你一口。"

他想了想，又说："不是，要不以后我跟着你混，有你一口，就有我一口。"

他没有住的地方，我们在银行提款机的小屋子里打盹，醒了我就继续往东北走，一直走到天黑。小辫子搞了个二维码，让我叼着找客人们收费。客人的要求如果不复杂，比如拜拜啦，合照啦，我都会努力去做。

打工太辛苦了，尤其对一条狗来说。

但你要明白，打工呢，不是为了在这里停留，而是为了向前方走下去。

念一千遍蝴蝶

The Journey
with You

他们就盘旋在空中,虽然你看不见,
但是你一定会被他们找到。
在找到之前,漫天蝴蝶就一直飞着飞着。
所以我们找到找不动了,也要继续找。
因为他们会飞到飞不动,也坚持继续飞。

老爹也曾经带我旅行。

所谓的旅行,就是徒步一公里,晃晃悠悠到了地铁站。

地下过道里,有个穿衬衫的男孩盘坐在地上,弹着吉他唱歌。

周围有好多妹子,团团转,团团转,团团转咿呀咿呀哟。

老爹看得眼珠子都凸出来了。

我问老爹:"他唱得好听吗?"

老爹仰天长笑:"垂髫小儿,不过尔尔。"

我说:"那你唱一个吓吓她们。"

老爹犹豫了会儿,大声地唱:"你是我的小蝴蝶,我是你的小阿飞……从此我不再撒野……"

唱歌的男孩停止弹吉他,指着老爹说:"你们把他赶走,否则我不唱了。"

好多妹子冲过来,赶我们走。

老爹泪水四溅,边被推走,边大声地喊:"你们会后悔的!你这个胖子干吗咬我?还有人扯我的裤子!不要推啦不要推啦,我走还不行吗?"

老爹站在远处,对着她们叫:"这辈子再也不想看到你们!如果再看到你们,我就爬着过去!"

过了五分钟,我们就又看到她们了。

因为我是条狗子,不能坐地铁,所以只好原路返回。

为了不食言,老爹是抽泣着爬过去的。

唉。

从那天开始,我们经常走在路上,山在后头,水在后头,然后被一辆辆车超过,累了就停步,看看正在努力盛开的花朵。

走着走着,我说:"老爹,我爪子要磨平了。"

老爹冷静地说:"梅茜,我的拖鞋在很久以前就已经掉了。"

走着走着,下雨了。老爹停住脚步,看了看自己,说:"梅茜,我好像一条落水狗呀。"

我看了看自己,说:"老爹,我就是一条落水狗啊。"

好想傻乎乎的老爹啊,现在身边只有更傻一点的小辫子。

小辫子去买面包,我站在他屁股后面等,这时候一个圆圆的硬币滚过来,又滚走,我赶紧跟着它一起滚,滚到街角垃圾桶,那里站起来一片巨大的黑影。

这是一条老得不成样子的金毛,她咧着嘴笑:"小屁狗,吓到没有?我厉害吧?"

我点点头,说:"蛮厉害的,你叫什么名字?"

老金毛缩回垃圾桶后头,冲我招手。我轻手轻脚过去,小声说:"长江长江,我是黄河!"

老金毛说:"我叫老皮肚。"

我咂咂嘴,说:"皮肚蛮好吃的。"

老皮肚说:"别吵,你看。"

我狐疑地左右看看,发现有只蝴蝶飞呀飞,越飞越低,停在老皮肚的头上。老皮肚得意地说:"好不好看?"

我兴奋地说:"你是怎么做到的?"

老皮肚嘿嘿一笑,说:"因为我心里每天都要念一千遍蝴蝶。"

我张大嘴巴:"这样也可以?"

老皮肚点点头。

我看着蝴蝶又飞走,心里突然空空的,说:"老皮肚,你在这里干吗呀?"

老皮肚沉默了一会儿,说:"我在这里等死呢。"

雨越下越大了。

这个城市真的喜欢下雨。

行人们纷纷撑起了伞,雨点噼里啪啦响,很好听。

也不知道那只蝴蝶会不会被打湿,那样就飞不起来了。

我们身边有好多行人,匆匆忙忙地走。有大妈拎着菜篮子,有小姑娘骑着自行车,有大叔头顶公文包,有清洁阿姨在屋檐下躲雨。有一家三口连伞都没有打,沿着街道的小店,到处问人有没有看见老皮肚。

他们走远了,老皮肚小声说:"我认识他们。"

我眨巴眨巴眼睛,说:"那你为什么不去找他们?"

老皮肚说:"以前我也有个好听的名字。"

我说:"啊?真的吗?"

老皮肚摇摇头说:"算了,好多年了。那时候是妈妈养的我。后来,她结婚啦,生小孩啦,小孩长大啦。她的小孩喜欢吃皮肚面,但是又从来不吃皮肚,就全都给我吃,于是大家都喊我老皮肚。"

我眼睛一亮:"你家是南京的吗?"

老皮肚说:"嗯,妈妈是嫁过来的,幸好这里也有皮肚面可以买。"

我说:"那你喜不喜欢她的小孩?"

老皮肚说:"妈妈有多喜欢我,我就有多喜欢她的小孩。我们是一家人。你知道一家人最害怕什么吗?就是小孩子刚刚长大,我就已经变得很老。"

老皮肚低下头,雨水打湿她的后脑勺,顺着毛往下滑,滑到脸,滑到鼻子,滴答滴答落到地上。

我跳起来大叫:"老皮肚你不会现在就死了吧?"老皮肚缩成一团,我感觉她身子开始变小。

她小声说:"我还不知道你名字。"

我说:"我叫梅茜。"

老皮肚用力笑笑,说:"真好听。和我年轻时候的名字一样好听。梅茜,我们狗子呢,到快死的时候,就会提前知道。所以,我要躲起来,让他们找不到。这样,他们就以为我走丢了,不是死掉了,他们会觉得,我一定在其他地方过得很好。"

我抬头看看小辫子,他刚走过来,雨水也顺着他的下巴往下滴答滴答。

老皮肚说:"梅茜,有时候我觉得真神奇。一家人就是想尽办法让对方过得很好,而你自己过得很好,对方就觉得自己过得很好。"

老皮肚说:"梅茜,你有没有看到,有很多蝴蝶飞过来了?"

雨停了。电线横在天空,一点点阳光努力从云朵后面伸头。但是没有蝴蝶呀。

老皮肚说:"好多蝴蝶啊,各种颜色都有。梅茜,我说的对吧,只要每天心里念一千遍蝴蝶,你就可以看到无数能够跳舞的蝴蝶。"

一个阿姨突然停在小辫子旁边说:"你好。"

小辫子说:"你好。"

阿姨说:"我叫胡蝶。"

小辫子一怔,阿姨的眼泪哗啦啦从眼角掉下来,她慢慢蹲下来,面对着老皮肚说:"玫瑰,妈妈在这里。"

老皮肚没有骗我呀,她年轻的时候,真的有一个好听的名字,叫作玫瑰。

玫瑰没有骗我呀,她每天在心里真的默念一千遍蝴蝶。

老皮肚摇摇晃晃站起来,才走一步,就被阿姨抱住了。阿姨小声说:"玫瑰,妈妈抱着你呢,不要害怕。"

老皮肚一直浑身颤抖,然后不动了,闭着眼睛睡着了。像一个小姑娘,抱着一条小小狗。

胡蝶是抱着玫瑰来的,所以老皮肚要被阿姨抱着离开。

我想起来了,从南京出发前的一天,我问过老爹。

"老爹,你将来会不会有小孩?"

"会的。"

"那你看这样好不好,让你的小孩不吃狮子头,这样我老了的话,就改名叫狮子头。"

"啊?"

"如果你的小孩既不吃狮子头,又不吃排骨,还不吃里脊肉……完了,这样我的名字会变成一本菜单。"

"梅茜,你知道今天什么日子吗?"

"七夕呀。"

"所以你想那么多干什么,七夕都是一个人一条狗过,想个屁小孩!"

老爹的人生不太圆满,妻离狗散,鸡飞蛋打,处处都是漏洞,但和小辫子比起来,略占少许优势。

两个人非要比较的话,小辫子更穷一点,对于生活的幻想,两个人在完全不同的层面。老爹跟我讲过他做的梦,中彩票啦,被富婆包养啦,跻身畅销作家之巅啦,突然会隐身这样都不用我出门叼妹子啦,等等。诸如此类,就是纯粹的梦,还有一些不能说,别人听见的话老爹会被抓进精神病院,严格处理的话,抓进派出所也不算冤枉了他。

小辫子不一样,他有梦想。据他阐述,徒步全国,收集创作灵感,已经进行了一年多,灵感有没有不知道,流浪歌手的范儿基本处于领先水平。他的终极目标是参加选秀节目,一鸣惊人,甚至王菲都花钱买来翻唱，抖音用一次背景音乐收费两毛五。

他说到这里的时候，我差点阻止。他的梦想再继续，也跟老爹差不多，属于做梦了。在一家自助银行角落过夜的时候，他睡着了，小声喊着一个名字，似乎是"阿舟阿舟"。

我不知道阿舟是谁，也许太饿了想喝粥。他给我看过脖子上的项链，里边有张小小的照片，是个小小的女孩，三四岁吧。小辫子喝醉了唱歌给我听，望着我的眼神，像望着自己的女儿。

当思念没有回音，那么全世界都会变成回音。我希望有一天，他会找到他的阿舟。可我有自己的路要走，无法参与到这个故事中去。

我们走着走着，看不到楼房和行人，小辫子放下吉他，说："你到底要去哪儿？"

我没理他，因为一辆白色的车开过去了。

我呆了一下，像一支箭射了出去。

我要追上这辆车。

我听到小辫子的喊声："小姑娘，注意安全，我们有缘再见！"我能想象，这个快四十的人，这个还说要参加选秀节目的大叔，傻不拉唧站在路口，旧旧的吉他耷拉到了地面，拼命冲我挥手的样子。

耳朵飞扬到脑后，还能隐约听到他在喊："小姑娘，再见啦！"

不知道为什么，疯狂奔跑的我，哭了。

因为无论我跑得多快，都追不上那辆车。

因为小辫子人挺好的,我挺喜欢他的,但以后应该再也见不到了。

我一边奔跑,一边看天空,好像真的有很多很多蝴蝶。因为每个人每天都在心中默念着自己的蝴蝶吧,所以他们就盘旋在空中,虽然你看不见,但是你一定会被他们找到。在找到之前,漫天蝴蝶就一直飞着飞着。所以我们找到找不动了,也要继续找。因为他们会飞到飞不动,也坚持继续飞。

因为我们和他们是一家人。

一家人的意思,就是想尽办法让对方过得很好。而自己过得很好,对方就会觉得自己过得很好。

英雄

The Journey
with You

做英雄有烤肠，
这我也没想到。

露珠是可以喝的，它们从叶子上滚下来，滴到我的脑门，咕噜跑进我的梦里喊：梅茜梅茜，别睡了，该出发赶路了。

我走了很多天。太阳升起，向着朝日偏左，不停奔跑。小城、小镇、小村，甩在身后。沿着公路，一眼望不到头的公路，不停奔跑。

如果我敲十户人家的门，会有一户人家给我点吃的。不能望着对方，要低下头，耳朵垂落，可怜兮兮，轻轻用脑门蹭一蹭他的小腿，那么可以争取到包子、烧饼、萝卜糕等。

路过小河,里头的倒影是条脏兮兮的金毛,灰不溜丢,毛都并起来了。

我很伤心。

我原本很漂亮的呀。

爪子都出血了,踩在路面,有点疼。路边是田野、电线杆和红墙灰顶的房子。我看见一家小卖部,飘出肉味来,咽了咽口水,鼓足勇气走进去。

小卖部柜台有烤肠,店老板正津津有味地看电视剧,一个书包搁在桌上,外头水塘边踢球的小男孩应该是他的儿子。

我扒住柜台边缘,眼巴巴瞪着烤肠,叫了一声。

老板回头,笑了:"你没钱啊,买不起的。"

我呜呜呜地哭。

老板说:"四块一根,你拿什么买?"

我跑出去,叼了张花花绿绿的纸片,摆在柜台。凭良心讲,这跟钱不像吗?

老板拿起纸片,说:"算了,给你一根,日行一善。"

其实我都挺吃惊的,从发现货币,到完成购买,对一条狗来说,未免太顺利了。老板戴着鸭舌帽,披着灰外套,缩进柜台,聚精会神看电视剧,时不时发出傻笑。我观察了他一下,全身找不到什么优点可以赞美,偷偷出门了。

烤肠含在嘴里，不舍得一口吃完，剩了半根。走到水塘边，心态纠结，再来一口的话，烤肠就彻底没了，从常理判断，我应该不能买到第二根了。

忽然传来"咚"的一声，吓我一跳，小男孩一脚把球踢进了水塘。

他着急地下水，探出身子，一脚踩在水里，一脚踩在岸边，拿根树枝，脖子和手都伸得老长，想把球拨回来，

我屏住呼吸，怕干扰到他，结果小男孩脚一滑，掉进去了。要命，这下紧急情况，无法继续纠结，我直接吞掉了宝贵的烤肠，冲着小卖部大叫，想让老板过来救人。

叫了两声没动静，我一咬牙，跳进水塘。

小男孩胡乱扑腾，一边喊"救命"，一边喊"咕噜咕噜"。我咬住他的衣服角，狗刨狗刨狗刨，刨得四条腿快抡成电风扇了，要把他拽回岸上。

我居然天生会游泳，这倒是没想到，但我游泳技术非常一般，这倒也是没想到。小男孩紧紧扯着我耳朵，疼死我了，只能一边喊"汪汪汪"，一边喊"咕噜咕噜"。

老板估计听到救命声，连滚带爬冲过来，我正好把小男孩拽到岸边。

老板紧紧抱着小男孩，声音都抖了："儿子你有没有事！"

小男孩大哭一场，而我趴在草地上大喘气，蹬蹬腿，舔舔嘴巴，

回味下烤肠的味道，昏昏沉沉睡着了。

我是被一根烤肠捅了捅脑门，捅醒的。

这下烤肠管饱，小男孩一根接一根地递给我，老板哭笑不得地说："儿子你悠着点，别撑坏狗肚子。"

小男孩认真地说："她是英雄。"

我在小卖部住了几天，吃得相当可以。小男孩上网查资料，告诉老板我不能跟人一样吃调味料，于是老板买了牛棒骨，用白水煮了给我。

我喜欢他们一家人。爸爸好吃懒做中带着一丝勤劳，除了整天看管柜台，接待村里几个固定客户，厨房也都是由他承包的。儿子全班倒数却透出一股坚毅，从不涂改分数，该是不及格，就带着不及格的卷子让家长签字，说至少将来能继承小卖部。妈妈左脚瘸了，厂里做工，回家带一个哈密瓜，晚饭前放进冰箱，晚饭后人两片，狗一片。

妈妈说家里一大一小两个男人，一个过去没什么出息，一个将来没什么出息，越说越气，抄起锅铲要揍爸爸，身为儿子的小胖墩立刻打开书包，迅速进入做作业的阶段。爸爸被揍得吃不消了，小胖墩就拿着本子过去问妈妈："这道题做得对吗？"妈妈立刻放下锅铲，迅速进入指导做作业的阶段。爸爸松了口气，等到小胖墩做作业吃不消了，爸爸就打开电视，妈妈立刻放下本子，迅速进入揍爸爸的阶段。

至少这个家庭，是同甘共苦的。

趁着爸爸午睡，小胖墩抱着我，在草坪打滚。他平躺着，面对天空，小声对我说："等到一个机会出现，就好好学习，洗心革面，考大学，去大城市生活，买大房子，把爸爸妈妈接过去。"

我心想，等一个什么样的机会呢？

小胖墩说："等今年收油菜花，现在要吃饱喝足，不能被学习分了心，到时候才有力气，第一次帮家里割油菜花。"小胖墩出神地望着天上的云朵，说，"割完油菜花，我就考大学。"

这里面有什么必然的联系，我不太懂，但他是认真的，因为他说完后，轻声唱着歌，没有睡着。

小胖墩找了根水管，接上家里的水龙头，一直拖到院子，在草坪上帮我冲澡。阳光和水珠一起跳跃，我看见几道彩虹忽隐忽现，彩虹底下是小男孩的笑脸。

他放学后，带了几个小朋友回家，一起踢球。他们居然异想天开，要让我守门，我前几天走路走得没完没了，体力消耗这么大，能不能让我休息休息。

我假装睡着了，小男孩跟他的朋友们解释，大黄刚吃饱，运动了会得阑尾炎，让她睡会儿。

我差点气得跳起来，大黄是什么，是我的新名字吗！你才大黄，你个小胖墩!

被踢偏的足球,弹了几下,滚到我旁边。我腿软绵绵的没啥力气,想拱一拱算了。刚抬头,就愣住了,不远处的公路上,一辆白色的车呼啸而过。

等等我!

我毫不犹豫,追了上去。

我已经离开家很多很多天了。老爹一定知道我在找他,那么他和燕山大师、木头哥、荷花姐,也一定在找我的路上。

我听见身后传来小男孩的哭喊:"大黄,你回来啊大黄……"

小男孩不踢球了,拼命地追我,但我们速度的差距很大,他没走几步,就摔了一跤。

我就不去扶你啦,你是男子汉,自己可以站起来的。记得你的承诺啊,第一次帮家里割完油菜花,就要去做一个大学生。

还有,我不叫大黄,我是梅茜。

再见了,小胖墩。

最后一程

The Journey
with You

这会不会是一场梦呢?
是我把自己弄丢是一场梦,还是老爹把我找到是一场梦?

加油站的垃圾桶常常会有没吃干净的桶面,作为长途奔波的狗子,我总结出这条非常宝贵的经验。

但加油站假如背靠田野的话,你偷偷摸摸躲在角落吃桶面,会被其他流浪狗子发现。

我好不容易找到红烧牛肉味的,一口没吃,就听到草丛传来"呜呜"的低吼。一条大黑狗目露凶光,前腿压低,感觉马上就要冲我扑过来。

大黑比我脏多了,而且只剩一只耳朵。个头那么高,却瘦得骨头戳出肩胛,看来他真的饿,饿得毫无狗品。

我说:"喏,给你,你先吃。"

他的低吼中断了,瞪大了眼睛,说:"我咬死你。"

我说:"都给你吃了,你干啥子还要咬死我?"

他说:"我不信。"

我说:"不信拉倒。"

我昂首挺胸,不管那桶红烧牛肉面,直接走掉。没走几步,眼前一黑,脑袋被什么蒙住,好像还被棍子敲了一下,脑仁嗡嗡响,没来得及惨叫,昏迷了。

在无边的黑暗中,似乎想起来,小辫子和我一起走路时,他冲我嘀咕:"傻狗子,这个世界上,是有坏人的。"

我说:"那又怎么样,我可以躲远点。"

小辫子说:"你要找到自己的主人,那得学会祷告。"

他双手合十,举在胸口,低头念念有词:"让傻狗子找到她的主人吧,别遇见坏人。"

事实证明,小辫子不但善良,还是个乌鸦嘴。

醒来的时候,一颠一颠的,我被关在笼子里。密密麻麻的几排铁笼,锈迹斑斑,上下叠着,塞满了各种狗子。

艰难挤出半个脑袋,想喊救命,旁边有狗子跟我说:"别费劲了,逃不掉的,这卡车肯定直接开去屠宰场。"

狗子声音很熟悉,是大黑狗一只耳,骨头戳出肩胛,似乎更瘦了。

我说:"你也被抓啦?"

一只耳说:"都赖你,吃什么红烧牛肉面,这下好了,等死吧。"

我说:"面让给你了啊,还怪我!"

一只耳说:"我推卸责任不行啊!"

我说:"推什么推,你有本事把卡车推翻了啊!"

一只耳张了张嘴巴,可能在想怎么侮辱我,发了会儿呆,口水都滴下来了,左右看看,说:"也不是不可以。"

车上有无数条狗子,通通被叫醒,一只耳用撕心裂肺的喊声通知大家,他数一二三,所有狗子集体向前扑,说不定卡车就被带翻了。

狗子的种类不一样,脾气也不一样,但有个特征是永恒的。碰到事情,一条狗子同意了,其他狗子跟着就同意了。

我惊奇地问:"你还懂共振?"

一只耳说:"曾经肚子太饿,捡到本初中物理,三口两口吃掉了……我跟你说这些干什么,来,大家就位,一!二!三!"

壮观的场面出现了,无数狗子整齐地同时向前扑,扑了一次又一次。

大概第十九次的时候,我扑不动了。

很多狗子也口吐白沫，瘫了下来。

我想，可能再也遇不上老爹了。

一只耳还在努力，迷迷糊糊的，听到他大喊一声"来了老弟"！

天旋地转，卡车整个翻了。狗子的惨叫声、笼子砸在路面的哐当声，仿佛开水壶喷出的热气，冲向四面八方，我眼前的世界像玻璃瞬间裂开纹路，碎了。

我和一只耳的笼子滚进稻田里，一只耳呼哧呼哧喘气，用牙齿拧开断掉的铁丝，冲我吼："快出去！"

他吼的时候，满嘴是血。

我脑海一片空白，不记得是怎么钻出去的，也不记得跌跌撞撞走了多久。

远远地回头，车子应该撞翻了好几辆，公路上围满了人，还有闪烁着红灯的救护车。鬼使神差地，我往回走，一直走到人群外，然后看见警察从一辆底朝天的小轿车里，拖出一个人。

医护人员把他抬上担架，送进救护车。

然后我看到那辆底朝天的小轿车的车身，用油漆刷着一只狗子画像，很像我的金毛狗子画像。

旁边四个字：寻狗，重谢。

是老爹吗？

我猛地冲向救护车，可是车子已经开走了。不行，我要追上去！

这是我所有的力气了。就像边牧从河岸起跳，射向夕阳。就像小辫子吉他上的音符，追逐不知去向的阿舟。就像小镜的越野车开出小区，哪怕看不见了，老爹也在狂奔，不顾拖鞋掉在路边。

我们一生中，会寻觅，会迷失，会沮丧，会停留，但这些都是为了某一时刻的奔跑。

就像记忆被时间拉扯，延伸出一条长长的铁轨，你要跑得比风还轻，比海浪还汹涌，比小虫变成蝴蝶还不顾一切。

你要跑得比自己还快，才能追到一个背影。

我心里只有一个声音。

梅茜！跑啊！

救护车离我越来越远，我努力跑得更快一些。

我不累，我可以的，我能追到你。

我已经感觉不到自己的脚，感觉不到自己的呼吸，眼前的世界倾斜，然后似乎飘了起来。

是我摔倒了吗？在我合上眼睛之前，我看见救护车停了，一个人一瘸一拐，也拼命向我跑过来。

他在喊："梅茜，梅茜……"

这会不会是一场梦呢？

是我把自己弄丢是一场梦，还是老爹把我找到是一场梦？

这个梦做了许多天。在梦里的一周前，夜晚十点，老爹醉醺醺回家，广场的长椅上，并排坐着木头哥和荷花姐。木头哥第一次牵到了荷花姐的手，而老爹脚一滑摔进了小区的水沟。

荷花姐很快搬走了，宠物店和便利店同一天停业，同一天贴上了转让告示。老爹顾不上跟他们告别，开车出发，要沿着公路找我。他经过宠物店，发现店门开着，停车进去，有个新老板正在收拾东西。老爹呆呆地在宠物店坐了好一阵，因为他在柜台上看到，规规整整摆着几本书，最上面一本是他写的。

书的扉页，有荷花姐瘦瘦的字迹。

等不到的，就是路过。

真是漫长的梦啊，我躺在家里，舒服地咂吧嘴。

老爹出院以后说，这不是梦，因为我们家，踏踏实实要赔给租车公司一辆小轿车。

是你赔，不是我赔，我一条狗能有什么钱。

那啥，回家真好。

第 3 话
一个汪星人的朋友圈

The Journey
with You

我生活在一个阳光明媚的小区,
树很多,草很绿,大家一天到晚傻笑。
这里的便利店会卖火腿肠给金毛,
但是不找钱。
金毛的生活非常复杂,
具体表达要十六个字:
跑来跑去跑来跑去跑来跑去跑来跑去。

如果有一天你在城市里，看到一个长发飞扬的大帅哥，
和一条长毛无脑小鸡贼，走在路边，
头顶都转动着金光闪闪的"特别牛"三个大字，
那一定就是我们了。

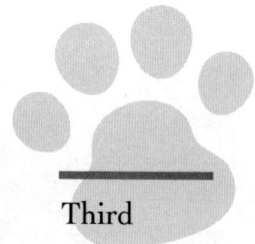

Third

我叫梅茜，一条金毛狗子。

我和老爹一起生活，我走丢过，老爹又把我找回来了。

老爹告诉我，我走了六百多公里。

我说："那可以换多少肉丸子？"

老爹说："梅茜，讲个故事给你听吧。"

我说："好。"

老爹说："从前有条金毛，太穷没有银行卡，后来被边牧拐到山区卖掉了。"

我说："边牧凭什么拐我，他只会叼飞盘，我会叼妹子。"

老爹说："妹子只能满地窜，但是飞盘是在空中飞的。"

我冷笑道："那又怎么样，要是妹子会飞，我就在地上追，看准机会叼她裙子，刺啦一声，裙子掉了，露出屁屁，叫你飞啊叫你飞啊。"

老爹说："妹子要是起飞，你再追都是追不上的。"

我突然觉得很难过，决定和边牧搞好关系，以后万一妹子起飞了，好歹他跳得比较高，说不定能接住。

老爹摸摸我头，说："梅茜，长大了你会变成全世界最好的妹子。"

我说："现在呢？"

老爹说："现在是个狗子。"

我眨巴眨巴眼睛，号啕大哭冲出门外，满脑子都在想：太惨了，我是狗子。

The Journey
with You

萨摩耶三兄弟：喋血拉斯维加斯

The Journey with You

萨摩耶三兄弟打麻将，抓到不要的牌就一口吞掉。
我说："我们做狗子的，吃几张麻将牌算什么。"
萨摩B擦擦眼泪，说："萨摩C要弄一把大的，
想做一副天胡[1]十三幺，结果连续吞了九十七张牌。"

  对面一栋楼里住着三条萨摩耶，人称萨摩耶三兄弟ABC。他们每天研究麻将、斗地主、拖拉机、掼蛋，经常赌得很大。

  萨摩ABC赢过黑背二十八根骨头。

  黑背躲在他们家外面，等到后半夜，翻院子爬进去偷骨头，结果他们还没睡，正在炸金花。

  黑背一时技痒，坐下来又玩了几把，输了二万七千根骨头，哭着回去了。

有一天，萨摩 ABC 觉得彼此可以封神了。

萨摩 A 面前摆了几张麻将，抬头向天，用爪子摸来摸去，两眼一睁，精光暴涨，狂叫："三万！六条！四筒！发财！"

神奇啊，全中！

萨摩 B 不甘示弱，把台布一掀，整副麻将飞起，他跳到空中，脑袋疯狂舞动，登时所有牌全部被吃光！他的身体撑出俄罗斯方块造型，孤傲地说："把骰子拿来！"

萨摩 B 晃了晃身子，顺利地把骰子也吞了进去，打了一个塑料味的嗝。

萨摩 C 作为年纪最小的一个，摸牌不行，吞牌也不行。

他的绝活是，每当有人要胡牌，他都能迅速地往台桌上一滚，把麻将牌扫得七零八落，哇哇大哭："妈妈在哪里？妈妈我爱你！"无知中带着无耻，简直奶萌奶萌的。

所有人都很尴尬，又不好意思骂他，所以萨摩 C 也算是牌桌大神。

三位大神商量了一下，觉得小区太狭窄了，容不下他们的光芒，必须走出去。走出龙蟠路，走向南京市，走到大宇宙！

计划定好，萨摩 ABC 背了个包裹向我们告别。

萨摩 A 对我说："梅茜，每张红中有四种味道，你知道吗？"我摇头，他伸爪拍拍我的肩膀，"喏，我已经帮你开光了，剩下的你自己修炼吧！"

萨摩 B 对黑背说："黑背，我送你一本《胃的建筑学》，这本书很有名的,祝你成功。"黑背接过书,封面写着:发明人萨摩B,作者萨摩B,未来诺奖获得者萨摩B。

萨摩C滚动起来,滚到大小姐可卡身前,瞪大眼睛说:"听说你会卖萌?"

可卡羞涩地点点头,萨摩C吐口口水,晃着屁点大的身体,猖狂地大笑:"哈哈哈,手下败将。"

大家目送他们远去,用尽力气喊:"多赚点回来啊!"

他们去参加2013年度麻将联赛,联赛分为儿童组和老年组。参赛选手人山人海,只有他们是三条狗。

萨摩ABC心气很高,认为应该先挑战高难度老年组。他们的对手是一位白发老太太,拿着小马扎,到处摸索老花镜。萨摩B大喜,决定来个下马威,大喝一声,吞下整桌麻将牌,吐出四条长城。

老太太说:"哟,还有自动洗牌机啊。"话音未落,六个爪子两只手同时挥舞,当即开战。

萨摩A狗爪子一举,怒喝:"南风!"紧接着就想喊"一二三四五六六七八九九九九莲宝灯"!

老太太说:"杠!东南西北大四喜。狗狗乖。"

萨摩A大怒:"你不是找不到眼镜吗?"

老太太说:"要看啥,打麻将是靠听的。"

打麻将是靠听的!境界上拉开了,萨摩耶三兄弟失魂落魄。萨摩C蹿上桌就闹:"世上只有妈妈好,没妈的孩子像根草!"

老太太一拐杖就飞过来:"熊孩子死走!"

萨摩耶三兄弟老年组落败。

萨摩ABC想想还是从基础抓起,赶赴儿童组。

他们的对手是背着喜羊羊书包的小朋友。萨摩耶三兄弟全部听牌了,全部听九万,就等小朋友一炮三响。小朋友拿起一张牌,颠来倒去看,擦擦口水说:"这是几啊?"萨摩ABC盯着他手里那张九万,眼睛都直了。

萨摩A说:"小朋友,这个叫作发财,是废牌,扔了吧!"

小朋友狐疑地说:"我念书少,你不要骗我。我怎么觉得好像是九万?"

萨摩B说:"怎么可能是九万,你自己看,一横一撇一捺还拐弯,明显就是个发财。"

小朋友:"真的不是九万,而是发财?"

萨摩C蹦着屁点大的身体,大喊:"这张就是发财!"

小朋友手缩回去,惊喜地说:"发财好啊,中发白大三元,胡了!"

萨摩耶三兄弟集体石化,狗脑子中只有一个想法:太奸诈了。

这个奸诈的小人!

萨摩B赶紧说:"不是发财,是九万,是九万!"

小朋友冷冷地说:"现在改口来不及了。"

萨摩C见势不妙，蹿上台就闹："天上的星星不说话，地上的娃娃想妈妈！"

小朋友蹿到萨摩C身上就闹："驾！驾！驾！"

萨摩耶三兄弟儿童组落败。

征战一天，萨摩ABC不仅把行李输光，连尾巴毛都赔进去了。

萨摩耶三兄弟回来后，半个月没出门。

门上贴着一副对联："强中自有强中手，老太太小孩不是人。"

*　　*　　*

[1] 胡牌，胡了。按即"和牌"。

番外：
真的很难理解萨摩耶三兄弟的逻辑

很难理解原因一

太晒了，大家躲在树荫下乘凉。

萨摩耶三兄弟打赌，看谁在太阳下坚持的时间更长。

三只白狗站在滚烫的路上，一群狗坐在树荫里大眼瞪小眼。萨摩耶三兄弟的头顶逐渐开始冒青烟，毛发开始髯松，尾巴开始发抖，鼻子开始变红……突然大家眼前一亮，但觉萨摩耶三兄弟光芒万丈！

黑背冲出去大喊："靠幺啦[1]！萨摩耶三兄弟着火啦！"

很难理解原因二

路边有人卖炸鸡，萨摩耶三兄弟跑过去捡鸡骨头吃。他们老爸暴怒，指着他们大骂："你们！丢人！你们到底丢不丢人！"萨摩耶三兄弟互相看看，萨摩A困惑地说："丢人？"萨摩B坚定地说："丢人！"萨摩C撕心裂肺地喊："三，二，一！"然后他们就齐心合力把自己老爸扛起来，丢了出去。

很难理解原因三

保安和萨摩耶三兄弟下象棋。三个毛茸茸的狗头挤在棋盘左边，保安正襟危坐在棋盘右边。萨摩耶三兄弟的车马炮都被吃了，只剩一个帅。他们想悔 47 步棋，保安不肯，一直吵到天黑。萨摩耶三兄弟很生气，一狗一口把保安的棋子全吞了。刚送医院了，他们上车的时候还在对保安说："算平局好不好？"

很难理解原因四

萨摩耶三兄弟还经常被老爹拖回家打麻将。老爹嫌他们没文化，说话粗俗，一边打一边教育，要懂点诗词歌赋。

有天，萨摩耶主人来我家，一推开门，萨摩 A 说："既见三条，云胡不喜？碰！"萨摩 B 说："两情若是久长时，又岂在吃吃碰碰。杠！"萨摩 C 说："杠上开花，可以缓缓归矣。胡了！"

萨摩耶主人瞪大眼睛，一个倒栽葱滚下楼梯了。

很难理解原因五

老爹煮煳一锅饭，去垃圾桶想偷偷倒掉。萨摩耶三兄弟刚巧路过，萨摩 A 狐疑地说："不是诈煳吧？"萨摩 B 震惊："这老头挺能干，做饭还诈煳。"萨摩 C 暴怒："以后三缺一不能找他啊。"说完狗子们走了，边走边唱："这揍是二[2]，糊里又糊涂。"老爹拎着锅煳饭站了很久，泪流满面。

*　　*　　*

[1] 语气词。
[1] 这就是爱。

可卡：我妈妈是白富美

The Journey
with You

下雨天，小区里狗狗们约好，一起披着主人的短裤出来溜达。
黑背披着沙滩裤，边牧披着七分裤，花花绿绿好开心。
突然老爹冒着大雨把我拉到一边，
小声叫我以后多跟可卡打交道。
"你注意看她披着的短裤，是不是像根绳子绑在头上？
我很欣赏她的主人。"

我们小区里有个阿姨，养了一条貌美的可卡，我们通常喊她可卡妈。

可卡妈刚来小区的时候很讨人厌。比如说，黑背老爸跟她打招呼："美女你好，我今年三十一，还是单身。"

可卡妈惊呼："三十一了？"

黑背老爸正要嘚瑟，可卡妈又补上一句："土鳖的样子都差不多，很难看出年龄。"

比如说萨摩三兄弟的老爸姓殷，准备给刚出生的女儿起个浪漫的名字。

可卡妈说:"最浪漫的就是满山谷的萤火虫到处飞舞啦。"

萨摩老爸同意,可卡妈说:"那不如干脆就叫她殷火虫吧。"

可卡妈经常打扮得花枝招展,可卡经常被她妈打扮得花枝招展。邻居们就开始议论,她每天开着小车挎着小包穿不同的小裙子,是二奶还是小三?

大家正聚精会神地讨论,可卡妈探过脑袋来说:"我觉得小三好一点,小三是有精神追求的。"

可卡妈不是二奶也不是小三,她和邻居们关系变好是因为她居然也养了一只狗。

一个那么讨厌的人居然也养狗,大家觉得很不可思议,认为她还是有优点的。然后大家发现,这个讨厌的人每天遛狗,按时打疫苗,喂天然狗粮,出门还用绳拴着,面对其他小狗的时候,明显比对人亲切多了。大家认为她的优点巨大。

但大家还是纠结要不要再跟她打招呼,因为有一次边牧妈鼓起勇气对可卡妈说:"你的衣服真好看。"

可卡妈说:"淘宝上买不到的。"边牧妈穿着淘宝衣服泪奔。

萨摩耶三兄弟的老爸鼓起勇气对可卡妈说:"其实你少喷点香水一样很有魅力。"

可卡妈说:"香水和头发一样,浓一点好。"秃头萨摩老爸泪奔。

终于轮到我爹出场了,我爹杀到可卡妈面前,打算朗诵泰戈尔的诗歌,一个字还没说,可卡妈咬破舌尖,大喝:"滚!"

我爹当场哭得裤子都掉下来了。

大家又开始议论,性格这么残暴的女人,莫非前世是秦始皇的第七百八十四代孙?

老爹是情感专家,他说:"她一定经历过非凡的打击,才锻炼出这种舌战群邻的能力。"

于是爹妈们撺掇我们几条狗子去问可卡。很不幸,可卡的脾气跟她妈一模一样,全小区狗子一段时间都食欲不振,日日泪奔。

但狗子比人的脸皮要厚一点,今天你不搭理我,我搭理你;明天你骂我,我夸你;后天你咬我,我舔你。到大后天的时候,你就会对我说:"这么厉害,你是上帝吗?"

可卡比她妈更早一步和大家成了好朋友,且偷偷摸摸地不让她妈知道。有一天可卡到我家来蹭肉丸子吃,我爹说:"爆你妈一个料吃一颗肉丸子。"

可卡说:"我妈的衣服是在环北服装批发市场买的。"

可卡说:"我妈只有在来不及洗澡的时候喷香水。"

可卡说:"我妈手机里只有美图软件,一张照片要磨皮五十次。"

可卡说了很多,基本撑得半死。

第二天边牧妈问可卡妈:"环北市场的衣服几件起批?"

萨摩老爸说:"今天上班又要迟到,没洗澡吧?"

我爹跟在她后面说:"呵呵呵呵呵呵呵呵……"

可卡妈就这样变成了大家的好朋友。

牛头㹴：婆婆会算命

The Journey
with You

重阳节的习俗是敬老、登高！
这里最老的就是牛头㹴婆婆了！
于是重阳节那天，小区里全体狗子兴高采烈，
"嗨哟嗨哟嗨哟"，抬着牛头㹴婆婆，
一直把她抬上了全小区最高的天台。
牛头㹴婆婆高兴得脸都白了。

我们小区有很多非常厉害的狗子，牛头㹴婆婆就是其中厉害的翘楚，她会算命。

狗子们要是肚子饿了，就跑到牛头㹴婆婆那儿喊："婆婆算一卦呗！婆婆算一卦呗！"

婆婆算卦要抛狗粮，时而皇家，时而冠能，运气好的话还能吃到蓝氏金枪鱼。

下午两点是婆婆的下午茶时间，有很大机会吃到瓜子、花生米、牛奶糖。

有一次萨摩耶三兄弟在那儿齐刷刷喊:"婆婆算一卦呗!婆婆算一卦呗!"后来就送医院了,因为当时婆婆在玩玻璃球。

老爹经常感慨,说连狗都开始搞迷信了。

一天,可卡拖我去找牛头㹴婆婆算命。我们扒在栅栏上,可卡问:"婆婆,天气太热了,什么时候会变凉快呀?"牛头㹴抓把狗粮一抛,洒落在地,看一会儿说:"这是坎卦,水星逆行,明天就凉快了。"可卡大喜。牛头㹴冷冷地说:"照卦象看,凉快不一定是好事。"说完趴倒就睡,不再理会。

第二天,可卡就被主人剃毛了……

第三天,全小区的狗子叼着肉丸去广场,广场上狗山狗海。太热了,牛头㹴婆婆决定作法求雨。我们把肉丸交给婆婆,婆婆一口一个吃光。大家屏气等待,婆婆念念有词,浑身发抖,突然白眼一翻晕厥过去。

泰迪紧张地问:"狗上身了?是哮天犬还是史努比?"

可卡看着抽搐的婆婆,狂叫一声冲上去:"快救狗啊!婆婆吃撑了!"

牛头㹴婆婆的功力以前就很高深了,为了占卜,她曾经连吞了五个午餐肉罐头,算出来自己大难临头,后来果然因为吃多了被送进医院。但是她还是打算在冬天闭关,改变修炼的方向。她开始向野猫求教。毕竟对狗子来说,野猫的法术更加复杂。猫最基本的能力是都有九条命，实在让牛头狸婆婆望尘莫及。

野猫大法师"噌"的一声蹿到树上，跟有轻功一样的。牛头狸婆婆呆了很久，说："直娘贼。"

在大寒潮之前，牛头狸婆婆拜访了小区停车场的大花狸。谁也不知道大花狸的年纪，大家来的时候，大花狸就已经称霸停车场很久。

牛头狸婆婆问大花狸："狗子和主人相亲相爱，但还是会经常误解对方，用什么法术才能让主人知道，自己不喜欢穿羽绒马甲呢？"

大花狸"咕噜咕噜"了一会儿，问牛头狸婆婆："你知道为什么猫咪喜欢仰起头，让人挠他们的下巴吗？这里面有个亘古的秘密，当猫咪的下巴被挠过千万次以后，猫咪就会变成精灵，永远陪伴着主人。但是千万次的挠，实在很耗时间，有的主人也算勤快，但离这个数字还很远很远。你们狗子已经幸运多了。"

大花狸叹了口气，钻进汽车发动机，没有再出现。这个严酷的冬天，就算对法力高强的大花狸来说，也是个挑战。牛头狸婆婆愣在当场，猫的资讯果然复杂，完全听不懂。

从那以后牛头狸婆婆就关了门，趴在主人拖鞋旁边苦苦思考。

我们觉得牛头狸婆婆是年纪大了，有点糊涂和迷信。魔法并不是那么遥远的东西，比如说我们狗子只要主人一声呼唤，就会从任意的角落奔出来，出现在主人的身边；还比如说，无论主人走多远，我们都会闻到气味，然后奔过去。

这并不是司空见惯就平平无奇的事情。

就像人类也有魔法的，新闻上还报道过呢。上次新闻说，柔弱的母亲为了孩子顶住几百斤的石板，足足四个小时。按照科学，这完全不可解释，这是魔法；

还有黑背老爸那么不靠谱的男人，因为跟姑娘在晚上九点约会，居然在早上七点半精准地醒过来，连闹钟都不需要；

怎么节食都瘦不下来的胖子，失恋几天就脱胎换骨；

还有普通的保洁阿姨，靠一双手就赚出了一套市区的两室一厅。

如果不是魔法，这些事情怎么会发生呢？

我问老爹："你有什么魔法？"

老爹说："虽然住在破房子里，但是只要闭上眼睛，就能感觉自己睡在花间。流水淙淙、青山，大块的蓝色坠落下来，披在自己身上。年轻的人们穿梭不息、开心不已，坐一起唱好听的歌曲，然后拍拍身上的草屑，重新出发上路了。"

我说："你这不叫魔法，叫吹牛。"

老爹说："那你觉得什么是魔法？"

城市的交通永远堵塞，好吃的餐厅里永远排着长龙，天空永远挂着记忆中的笑脸，花朵永远开在你不经意的地方，时间永远流淌。

可是爱人们就可以找到对方。如果没有魔法的话，他们怎么能避开那些生活的压力与忧愁，然后好好地把手牵在一起呢？

如果主人不知道羽绒马甲很讨厌，情侣分手，亲人反目成仇，这些并不是没有魔法，而是力量还不足够。

大花狸说得虽然玄乎，但是很简单，只要爱的力量十分足够，连猫咪都能变成精灵。那么沟通和好好相处，就更加简单了。

我决定现在就去跟牛头狸婆婆说这个事情。婆婆，天冷了，还是出来活动活动吧。

咦，怎么有八个空罐头？

来人啊！牛头狸婆婆挂了！

阿独：流浪大侠的超级传奇

The Journey with You

这世界总有些狗，在旁边的时候你没有发现，等他走掉了，才觉察他的存在。

小区里突然来了条独眼流浪狗，霸占树荫一周多。大家推选黑背跟流浪狗决斗。我问老爹要了瓶酒，让黑背喝两口，他双眼通红就去了。

远远看见流浪狗掏出一副扑克牌，和黑背一狗发一张。黑背愣了会儿，号啕大哭，泪奔回来。我们赶紧问怎么了？怎么就输了？！黑背放声痛哭："他居然跟我比大小，我又不识数啊！浑蛋！"

黑背要跟阿独决斗，为了公平，决定先治好他的眼睛。在牛头㹴婆婆的指导下，所有狗子回家找了个篓子背在身上，去小区各处采草药。

早上阿独刚醒过来,眼前就是一米多高的草垛子。怕阿独吃出事情,牛头㹴婆婆要神婆尝百草。婆婆尝了一整天,后来被一群记者带走了,他们激动地喊:"世界末日来了,有条狗连吃了十几斤草。"

牛头㹴婆婆也要和阿独决斗。

牛头㹴婆婆太拼了,出了四千次布,竭尽全力要叉开爪子来个剪刀!她伸出前腿用力到发抖,狗头青筋直冒,眦眦俱裂!爪子有轻微分裂的迹象!

全场一百多条狗鸦雀无声!萨摩耶三兄弟眼眶湿润!黑背捂嘴飙泪!泰迪们都哭了!

我听到大家在心中呐喊:"剪刀!剪刀!剪刀!"

就这么一个小时过去,一动不动的婆婆中暑了。

我永远忘不了这一天,我永远忘不了两条狗比石头剪刀布杀红了眼,但是从早到晚只能出布的样子。

再后来,由于可卡老是当众说黑背是娘炮,黑背怒了,和可卡对质。他前爪都快戳到可卡脸上了:"我魁梧英明,哪里娘炮了?!哪!里!娘!炮!了!"可卡冷冷拨开他的前爪说:"麻烦你把兰花指收起来。"黑背呆呆看着自己的兰花指,狂号一声泪奔而去。旁边的牛头㹴婆婆失魂落魄地说:"这个小区,终于有能出剪刀的狗了……"

某天，阿独早早收工，叼着烟屁股靠着树干讲往事，周围围着一圈狗子。阿独说他从小漂泊四方，历尽沧桑，终于学会如何得到自由，成为自由之狗！

黑背羡慕地说："你收我为徒吧，我也要学会自由！"

阿独吐个烟圈说："可以，先交三十颗肉丸的学费。"

黑背暴怒，跳脚掀桌，喊："如果我有三十颗肉丸，还要什么自由！"

讲到坏人，阿独说菜市场猪肉摊那个大妈，见到他就会拿菜刀追杀。说门卫王大爷偷偷在肉丸里放老鼠药，然后骗他来吃。最惊险的一次是他在喷泉边上喝水，路过的小区居民突然拿出一根电线伸到水里。

"当时我整个嘴巴都麻了，醒过来尾巴还是竖的。"听阿独讲完，小区的家养狗子们都很震惊，虽然早知道老太太和孩子不能惹，但没想到慈眉善目的王大爷和肉大婶还有这么阴暗的一面。阿独把斗笠扶扶好，斜睨着我们说："都小心点，别离开你们爹妈，坏人就潜伏在身边啊。"

泰迪、可卡、萨摩耶三兄弟和我，甚至黑背，都觉得阿独夸张了。在我们的生活中，早晨是有肉丸的，中午是有西瓜的，傍晚是在绿草小路上遛弯的。主人们哪怕自己穷得只能吃方便面，也会送我们去洗澡的。而邻居们见了面，都会摸摸我们的脑袋的。我们眼中的好人，在阿独眼中是坏人，而我们认为的坏人，阿独却不这么看。

报纸和电视新闻中经常报道，一些人因为家庭和压力，会伤害许多同类。只要不是打流浪狗的，阿独对这些人都非常理解和同情。

他跟我们说："当你饿得腿都站不直的时候，偷块鸡排算不了什么。如果被别人的扫帚和棍棒狂打，作为一只有血性的狗子难道不应该回嘴咬他们吗？偷窃、欺骗、暴力，这些都只是为了要活下去，电视里说那些人是坏人，其实只是无奈罢了。"

我把阿独的话告诉老爹，老爹正在看一个大惨案的视频，好多人在火里面去了天堂。老爹表情很严肃，他跟我说："阿独说出这种话，是因为他没家教。"

老爹说："阿独没有跟人类真正相处过，所以他不知道人类是什么物种。黑背老爸失恋后，痛苦得拳头都砸破了，也没有去责问那个出轨的女孩。边牧妈失业后发了两个月传单，也没有打任何电话唾骂那个说她坏话的同事。萨摩老爸摆地摊见到制服男就跑，可他还是民间格斗冠军呢。人类是宁愿伤害自己，都不会伤害他人的。黑背老爸、边牧妈、萨摩老爸……许许多多的人类，才是阳光和绿草地得以存在的原因。那些欺负流浪狗、欺负同类、用伤害别人来换取自己活着，甚至只是换取一点点满足的人，他们还比不上没有家教的阿独。"

我问老爹:"可是不反抗,这不是懦弱吗?"

老爹叹口气说:"你回去告诉阿独,这不叫懦弱,叫作善良。懦弱是因为没有能力去伤害,善良是有能力但选择不伤害。善良是很高级的。"

我把老爹的话原封不动地告诉阿独,不知道阿独有没有听懂。总之他"呕"了一声,晃晃尾巴又钻进了树丛中。其实我知道,阿独从来没有咬过人。他舔着伤口的时候,也知道除了打他骂他的,还有喂他抱他的。其实他也知道,善良的才能算是真正的人类呢。

自那天之后,阿独不告而别。夏天,炙热的日光下,叶子很亮,路很烫,大家都昏昏欲睡。但我们都不停地从那片树荫走过,假装若无其事地往下面看一眼。只剩一条他用来做床单的蓝T恤,满是破洞,孤零零地堆在树根。我们走了很多次,再也没有看见他。这世界总有些狗,在旁边的时候你没有发现,等他走掉了,才觉察他的存在。

滚球球：我们再也回不去了

The Journey
with You

我一边走，一边望着蓝蓝的天，心想：
开始在一起，后来在一起，
以为很简单，原来是那么难的事情。
这个世界上，应该有很多人，
都躲在云后面，悄悄看着自己喜欢的人吧？

散步时发现大家围在一起鬼吼鬼叫，兴冲冲地过去看：阿独回来了！

黑背眼眶通红地说："阿独你去哪儿了？"

阿独默默挪开，露出一个毛球。

黑背惨叫："小小小小小小小狗！"

阿独没有说毛球是从哪里来的，只说名字起好了，叫"滚球球"。

大家散去后，老爹蹲下来问阿独："你这样很难，不如我帮你带？"

阿独低头说："难没有关系，在一起就好。"

滚球球毛茸茸的,眼睛很大,第一次看到他我吓一跳,这么小,这么圆,很容易滚到阴沟里去吧?

怪不得阿独要给小小小小小小小狗取名叫"滚球球"。

大家围着滚球球,不敢碰他,我壮着胆子拨拨他,他就摔了一跤。

牛头㹴婆婆说:"让他自己走,小孩子要学会自力更生!"

滚球球走一米要五分钟,摔十跤。

滚球球喜欢哭,一哭就哭很久。大大的眼睛掉大大的眼泪,掉一颗身子就变小一点,我好害怕他就这么哭着哭着,把自己哭没了。

阿独从垃圾堆里捡了一堆东西,教滚球球分辨什么能吃,什么不能吃。滚球球说完"咕咕咕咕",挑了双袜子就啃,阿独暴跳如雷,要抽他耳光。

黑背红着眼睛,一把拦住阿独,大喊:"不许你碰他,你再打他,我,我,我,我就跟你决斗!"

大家围起来,把阿独拦在外面,阿独气得狂叫一声,跑掉了。滚球球"咕咕咕咕"地哭,大家面面相觑,不知道怎么办。

我说:"讲故事给他听吧,听着听着,他就睡着了。"

大家说好。那么谁来讲呢?

大家把目光投到黑背身上。

黑背后退一步,惊恐地说:"那我试试看。"

大家趴在草坪上,趴成一个圈圈,中间是滚球球和黑背。黑背开始结结巴巴地讲故事。

黑背的睡前故事

从前,有四条黑背,分别叫黑旺、黑图、黑岁、黑副。他们小时候和一个男孩在一起,玩得很开心。

黑副最小,所以大家都把吃的、喝的让给他。

白天男孩和四条黑背到广场溜达,告诉他们说,将来他们都会成为伟大的王,统治自己的国土。

晚上大家睡在一块儿,梦见自己变成伟大的王,统治自己的国土。

黑旺说:"我的国土最大,起码三室一厅,光厨房就有两个。"

黑图说:"我的国土才叫大,有广场那么大,密密麻麻挤满了黑背,我喊向左转,一千个狗头齐刷刷向左转。"

黑岁说:"我的国土在云上面,这样要是我们分开了,我还可以从云上看着你们。"

黑副说:"我力气小,可能将来没有国土,到时候你们记得分点给我。"

大家拍拍黑副的头,说:"好,将来我们把国土都给你,这样你的国土就变成最大的了。"

有一天,黑旺不见了。

大家急得团团转,男孩蹲下来,眼睛亮晶晶地跟他们说:"不要急,黑旺去自己的国土了。"

黑图说:"那里有三室一厅吗?"

男孩说:"嗯,三室一厅,皇帝和皇后人都非常好,他们帮助黑旺慢慢长大,等黑旺长大就把三室一厅都给他。"

大家听得欢呼起来,觉得骄傲和自豪。黑副当时就流泪了,心想将来一定跟黑旺学习,不要给哥哥们丢脸。

过了几天,黑图也不见了。

大家急得团团转,男孩蹲下来,眼睛亮晶晶地跟他们说:"不要急,黑图也去自己的国土了。"

黑岁说:"那里有一千条黑背吗?"

男孩说:"嗯,黑背红背蓝背橙背黄背,什么背都有。"

黑岁目瞪口呆,说:"这么厉害?"

男孩说:"嗯,他们一起奔跑,就变成彩虹了。"

大家再次欢呼起来,其实也就剩黑岁和黑副。

又过几天,黑岁和黑副觉得浑身无力,瘫在狗窝里,动都不想动。

这次男孩带着一个中年女人进来。中年女人皱眉说:"这下比较麻烦,前面两条带走太晚,传染到他们了。"

男孩眼睛亮晶晶地说:"怎么办?"

中年女人翻翻黑岁和黑副,拎起黑岁说:"这条必须带走,我给你一点药,你给剩下那条吃吃看。"

男孩亮晶晶的眼睛忽然滚下来亮晶晶的东西,打在黑副的身上。黑副努力抬头,舔了舔男孩的手。

很久以后，黑副才知道那个亮晶晶的东西，叫作眼泪。

黑副努力想笑，问男孩："黑岁也去他的国土了吗？"

男孩说："嗯。"

黑副说："那里是在云上面吗？"

男孩呆了一会儿，说："嗯。"

黑副说："在云上面看得到我们的是吧？"

男孩说："嗯。"

黑副松了口气，说："那我就放心了。"

男孩蹲着，手抱着脑袋，低到膝盖里，肩膀不停地颤抖。黑副想爬到他脚边，可惜没有力气。他想，没关系，将来黑旺、黑图、黑岁的国土，分给我以后，我们就一起去玩。

可卡哑吧哑吧嘴，问黑背："后来呢？"

黑背说："后来，我猛吃猛喝，又挂水又吃药，过几天爬起来，莫名其妙长大了。"

我一愣，说："原来你就是黑副。"

黑背说："我本来就叫黑副。"

我说："那我怎么不知道。"

黑背说："因为你们从来没问过我。"

我挠挠头，说："黑旺、黑图、黑岁呢？"

黑背说："男孩说，都到黑岁的国土去了，在云上面。"

大家一起抬头，看天上的云。

这时候顶楼的窗户被推开，探出一张络腮胡子大脸，喊："黑副，回家吃饭了！"

我大惊失色："这也叫男孩？！"

黑副说："这不，也长大了。"

可卡说："嘘，滚球球睡着了。"

大家蹑手蹑脚地散了。

老爹来找我，我也回家了。走的时候，我冲树后面做了个鬼脸。

我知道，阿独一直躲在后面。他看见我了，扭过头去，唯一的眼睛里，有亮晶晶的东西。

"老爹，我去云上看看好不好？"

"看个毛，怎么爬上去啊？"

"老爹，上面有黑背看着我们呢。"

老爹脸色大变，脚步加快。

我说："怎么了？"

老爹说："走快点，被黑背看着，会变背的。"

我一边走，一边望着蓝蓝的天，心想：开始在一起，后来在一起，以为很简单，原来是那么难的事情。这个世界上，应该有很多人，都躲在云后面，悄悄看着自己喜欢的人吧？

后来……

次日，就轮到边牧给滚球球讲故事。

边牧呆了一会儿，张嘴刚要说话，吧嗒，飞盘掉地上了。他赶紧低头，吧唧，重新叼起来。然后张嘴刚要说话，吧嗒，飞盘掉地上了，他赶紧低头，吧唧，重新叼起来。

吧嗒，吧唧。吧嗒，吧唧。吧嗒，吧唧……

五分钟后，在这个固定的节奏里，大家都睡着了。

接着轮到萨摩 ABC 给滚球球讲故事。

萨摩 A 呆了一会儿，说："从前，有一张七万，被狠狠地打出去。"

萨摩 B 接口，说："下家做的是万子。"

萨摩 C 接口，说："所以，胡了。"

大家冷冷地看着他们。

萨摩 A 呆了一会儿，说："从前，有一张九条，被狠狠地打出去。"

萨摩 B 接口，说："下家做的是条子。"

萨摩C接口，说："所以，胡了。"

大家忍无可忍，黑背两只前爪捏在一起，发出"嘎巴嘎巴"的声音。

萨摩A迟疑地说："从前，有一张五筒，被狠狠地打出去。"

萨摩B迟疑地说："这次，下家做的是大四喜。"

萨摩C斩钉截铁地说："所以，胡了！"

萨摩A狂叫一声，扑上去跟萨摩C打成一团："你又诈胡！"

接着轮到牛头㹴婆婆给滚球球讲故事。

婆婆说："我就来给你讲解算卦的原理吧。"

婆婆掏出一把狗粮，往空中一抛，洒落在地。她还没来得及看狗粮落地的形状，滚球球闪电般就地翻滚，"嗖嗖嗖"，毛茸茸的一个小球飞快地东滚西滚，叫一群狗子眼花缭乱。

半秒钟，狗粮不见了。

大家愣了一会儿，牛头㹴婆婆的脖子青筋直跳。

她激动地说："滚球球不是走路很慢的吗？！"

我神色凝重地说："他是用滚的。"

接着轮到可卡给滚球球讲故事。

自从可卡把主人的黛安芬全部卖给老爹之后，她可富裕了。听说最近她自己去书店买了很多书。

可卡清清嗓子，对滚球球说："阿姨给你讲个故事，这个故事叫作《世钧，我们再也回不去了》。"

大家心头一颤，都浮起一种不祥的预感。

可卡开始忧伤地讲故事："曼桢道：'世钧。'她的声音也在颤抖。世钧没作声，等着她说下去，自己根本哽住了没法开口。曼桢半晌方道：'世钧，我们回不去了。'他知道这是真话，听见了也还是一样震动。她的头已经在他肩膀上。他抱着她。她终于往后让了让，好看得见他，看了一会儿又吻他的脸，吻他耳朵底下那点暖意，再退后望着他，又半晌方道：'世钧，你幸福吗？'……"

讲到这里，可卡声音哽咽，然后大家不祥的预感验证了。

黑背放声大哭，声嘶力竭地喊："为什么，为什么我们再也回不去了？！幸福，幸福你究竟是什么？！曼桢，曼桢！我们可以做到的！"

大家花了四个小时劝说黑背，才让他的情绪稳定下来。

就这样，整个上午都耗完了，中饭都没来得及吃。

吃货狗子们的小故事

The Journey
with You

我呼吸你残留的背影啊，
低头，低头，
亲吻你走过的每一寸土地——

1

黑背叼着颗肉丸狂奔！屁股冒烟！后面紧跟着眼睛喷火的萨摩耶三兄弟！我喊："叼着肉丸跑不快，我帮你拿！"黑背感激地丢来肉丸，引着暴走的萨摩耶三兄弟疯窜而去。五分钟后气喘吁吁的黑背偷偷溜过来，说："谢谢你啊梅茜，那啥，我玩命抢到的肉丸呢？"我登时跳脚："肉丸！什么肉丸？我救了你一命，你还好意思跟我提什么肉丸？！"

2

黑背路过我家门口,对明月即兴朗诵诗一阕:"我呼吸你残留的背影啊,低头,低头,亲吻你走过的每一寸土地——"这让老爹大惊失色,大喊:"要死啦!梅茜你快来看,黑背有文化了!"我抬头一看,冷冷地说:"那是因为他爸走在前面吃炸鸡。"

3

中午老爹看着一堆碗,满地打滚喊:"我不要洗碗啊!我不要洗碗啊!"正好黑背过来,立刻自告奋勇,把每个碗都舔得干干净净。老爹发了会儿呆,满地打滚喊:"这下不洗不行了啊!这下不洗不行了啊!"

4

托管阿姨给了我一颗大肉丸子。他在盆子里好胖好胖!我说:"你叫什么名字?"他说:"狗子你给我客气点,我叫一斤大师,弘扬佛法,把你最蠢的朋友喊来!"我赶紧叫黑背,黑背跟大师谈了会儿满足地走了。

我进去一看,大师变小了!"一斤大师你怎么了!"肉丸说:"不要喊我一斤大师!你朋友太能吃了,我现在是二两大师!"

5

黑背捡到一袋红红的东西,我们去找牛头㹴婆婆问这是啥。

婆婆抓把狗粮一抛,说:"离卦属火,这个可以吃,名字叫……"黑背眼睛一亮,一口吞了二十几个!然后整条狗突然不动了,眼睛逐渐充血,嘴巴颤抖,狗脸一点点由下而上变红。在我们惊骇的目光中,猛地张开嘴,吐出一团火!婆婆说:"……叫辣椒。"

6

黑背好心叼着月饼想分给小区里的泰迪,结果因为长得太凶,泰迪们一哄而散。秋风中,黑背叼着月饼站在河边发呆。大家看不下去,集体去安慰他。萨摩耶三兄弟拍拍他肩膀,说:"虽然我们的毛是白色的,但我们的心跟你一样黑。"黑背哭得更凶了。牛头㹴婆婆拍拍他肩膀,说:"虽然你年纪比我小,但长得比我老。"黑背惨叫一声想往河里跳!被我死死拉住,我说:"虽然你是条公狗,但比我还娘炮……"结果没拦住他,他跳下去了……何必呀!

7

天都转凉了,黑背还在掉毛。我说:"再掉就冷了啊!"黑背自以为幽默地说:"呵呵呵呵,不掉毛太热,热狗会被吃掉的。"我无情地说:"呵呵你妹啊,冷狗也会被吃掉的好吧!"

8

黑背兴冲冲地来找我，手里小心翼翼地捧着一个鸡蛋，说："梅茜啊，我们要发财了，你看蛋生鸡，鸡生蛋，蛋生鸡，鸡生蛋，生生不息，很快就可以发展成为大事业！"我一口就把蛋吃掉了，黑背泪花四溅跳脚大叫："梅茜你怎么把我们的事业一口吃掉了？！"我说："生生不息个毛事业，这是个茶叶蛋……"

9

小区的狗子在一起吹牛，黑背大声说："曾经我用尽全身力气，在空中左翻腾，右滚动，托马斯回旋了足足十几次！"大家大惊失色，可卡满眼冒心心，说："黑背你怎么做到的？"黑背沉默一会儿，说："这不偷了只烤鸡嘛……我老爸就抡脚，给了我一个很强的助力……"

10

看见边牧失魂落魄地走过来，一路念叨："我的飞盘呢？我的飞盘呢……"我于心不忍，大喝："咄！嘴上无盘，心中有盘！"边牧如遭雷劈，恍然大悟。这时我突然发现，自己嘴里掉了什么东西，失魂落魄地疯狂去找："我的肉丸呢，我的肉丸呢……"边牧在旁边安慰："嘴上无肉丸，心中有肉丸……"

梅茜："老爹，我会努力给你囤妹子的。如果我们家买不起肉丸子了，我就学着吃荠菜丸子。如果荠菜丸子都吃不起了，我就去天桥表演啊汪九赚钱。但你要记着带我去'动次打次'，我还没见识过呢。我会尽力活很久，然后我们就很久很久地在一起。嗯，就是这样。"

The Journey
with You

第 4 话

做我的朋友好吗

The Journey
with You

我叫梅茜,我拼命写字的理由是,
当你看见狗狗的时候,希望你能想起我,
觉得他是你的好朋友,微笑着拍拍他的脑袋。
希望这些文字能传递到每一个角落。

想让你知道，我是最喜欢你的，
不管你是男生女生，爱我或者不爱我，
我都是最喜欢你的。

Fourth

老爹写字的时候，嘴里叼着香烟。我写字的时候，头上绑一只袜子。大家键盘都打得啪嗒啪嗒作响。

做自己喜欢的事，总得付出些代价。只要能写出字来，老爹不顾健康，我不顾形象。

以前我的名字叫梅西，因为老爹最喜欢的足球运动员是这个名字。后来有一天，他发了很久的呆，喝了很多的酒，说："艹！"于是给我加了个草字头，我就变成了梅茜。

老爹说，如果我不努力写东西，就会没有用，是个草包，要改名梅苞。

我气得哭了，擦擦眼泪一直写，至今我还是叫梅茜，不叫梅苞。

因为我牢牢记得老爹跟我说的，梅茜啊，只要你拼命写下去，慢慢在大家的意识里，狗子都是身边的朋友。在路边看见流浪狗，会觉得他们就是梅茜，是自己似曾相识的朋友，然后随手给他们一个面包，一瓶水，说不定呢，他们就可以活下去了。

我是梅茜，一条拼命写字的金毛狗子。

The Journey
with You

寄小读者

The Journey
with You

梅茜陪着你，从你去不了的地方，
带故事给你听，带所有的勇气给你。

Shaun_Quella：梅茜啊，我也有一条金毛，快五岁了，是个女孩，很活泼很听话。可是我不能和她亲密接触了，她只能待在花园里不能进来，我也不能接近她。因为我得了癌症，化疗以后骨髓抑制，血象不好，只能隔着落地窗看她。你说她会不会怨我？毕竟，她是我带大的。2008年6月，满月的她来了我家，那时候恰逢我高考完，我就一直照顾她……你说，她会不会很疑惑，为什么我都不碰她了……

Shaun_Quella：9月入院到现在，我有时候会想，我要是不在了，我的家人怎么办，我的金毛怎么办……

Shaun_Quella：我头发都掉光了。上次出院回家那天，我站在落地窗那里，她蹲在外面看着我，我把帽子摘下，露出我的光头，她尾巴都不摇了……

Shaun_Quella：梅茜，你知道吗？我也知道世界就是这样，不会说没了谁就不行。

Shaun_Quella：但我还是会偷偷地害怕他们为我伤心。

Shaun_Quella：我的情况不好，所以化疗方案用得很重，我头发掉光了，指甲都黑了，心脏毒性也很明显，每次化疗其实我都很痛苦，可是我也只敢在微博上说说我吐了什么的，别的我都不敢多说……妈妈在医院陪着，有时候我突然痛起来，我都不敢表现得太明显，因为我昏睡过去或者吐得厉害，她都会很担心，我知道她也有偷偷背着我哭。

Shaun_Quella：所以我更加努力，我总是在别人面前表现得很乐观很坚强……我没有什么不可失去了，除了我的家人和我的狗狗……

Shaun_Quella：其实上次化疗的时候，因为难受，我有想过就这么走了也不错……

Shaun_Quella：刚吃了点粥。

Shaun_Quella：今天痛得厉害，忍不住叫出来了……

Shaun_Quella：然后痛得受不了，抓着我妈的手，把我妈弄哭了……

Shaun_Quella：啊……我今天表现得好烂啊……

亲爱的 Shaun_Quella：

你好！
我叫梅茜。我不是童话，而是你心中最美好的世界。
我有许多朋友，是小区里的许多条狗子。
一开始我以为自己很了解他们，后来发现他们也抱着许多秘密，藏在最深的心底，然后这些就是奔跑、微笑、流泪的理由。
我是一条金毛，而你是一个人类，我们都是最美丽的女孩。

我问老爹："老爹，我将来会不会很牛？"

老爹说："是的，你会变成最美丽的女孩。"

我喜滋滋地说："那我现在呢？"

老爹说："现在你是一个智障。"

我震惊地跌坐在地，号啕大哭，狂奔出门，我现在是一个智障。

告诉你一个秘密，梅茜心中大大的秘密。我小时候得过狗瘟，可怜地躺在沙发上挂水。

我唯一能做到的，就是用力吃。医生说，只要还能吃，就代表可以活下去。

不管他说得对不对，我做所有我可以做到的。吃啊吃啊吃啊，吐啊吐啊吐啊，我觉得自己就像在玩游戏，把生命吃进去，又把生命吐出来。我的血槽空了，满了，空了，满了，在 game over[1] 之前，我要成为最美丽的女孩。

老爹从很远的地方赶回来，蹲在我身边。除了用力吃之外，我终于有第二件事情可以做到，那就是用脑袋蹭蹭他的膝盖。嗯，很暖和。

那段时间特别开心，长大后从来没有和老爹整日整夜待在一起。

我要一直陪着老爹，所以拼尽全力活下去。

要活得久一点，才能让他看到梅茜变成最美丽的女孩。

亲爱的 Shaun_Quella，那时候我就来看你。

再告诉你一个秘密，是黑背的秘密。前几天，黑背老爸去买戒指。黑背老爸有喜欢的妹子，他想送件礼物给她。他们在珠宝店逛了好几圈，最后选了一个水晶的戒指。

黑背充满诗意地问："老头啊，黄金比较实在，钻石女孩都喜欢，翡翠可以保值。而你选择了水晶，它是如此透明，你想通过它来表达自己纯净的爱吗？"

黑背老爸张张嘴巴，跳脚道："纯净啥，你没发现，全场只有这个不到一百块吗？"

黑背迟疑一下，说："老头你太小气了，出门前我发现你带了一百五十块。"

黑背老爸白他一眼，说："这不还要给你买狗粮嘛。"

黑背回来后眼眶红红的。他问我要一根绳子。我问他要这个干什么，他说要挂在脖子上。

我说："好好一条拉风的黑背，比城管还威武，干吗要在脖子上挂东西？"

黑背说："你不要管。"

后来我送他一条珍珠链子，他就戴在脖子上，链子上挂着一枚水晶戒指。小区其他狗子全都沸腾了，喊黑背娘炮。这就是黑背叫娘炮的由来。只有我知道黑背为什么要戴着它。

因为那枚水晶戒指，黑背老爸在沙县小吃把戒指送给了妹子，结果黑背在公交站台的垃圾桶边上捡到了。

你倾其所有换回的水晶,在别人眼里,只是随手扔掉的垃圾。而这个世界上,总有一个人,就算你对他毫无用处,也会把你当成生死相依的珍宝。

Shaun_Quella,你要活下去,因为你生命中的每一天,对有些人来说,都是了不起的礼物。

梅茜陪着你,从你去不了的地方,带故事给你听,带所有的勇气给你。总有一天,你会去到那些地方,风抚摸脸庞,雪山洁白,湖泊明媚,听到全世界唱给你的情歌。

此致
敬礼!

金毛狗子梅茜

* * *

[1] game oevr,意思为"游戏结束"。

一个编剧的自我修养

The Journey
with You

问老爹怎么发长微博,他说,双爪同拍,狂吼一声:"长!"
我说,这就行?
他说,这就行。
我辛辛苦苦写了一万多字,然后兴奋地双爪同拍,狂吼一声:"长!"
怎么一个字都没有了!
老头笑得满地打滚,我刚想去墙角哭,他突然惨号:"扑街!为什么屏幕碎了!"

黑背很想玩微博,我跟他说:"其实只要学会打字就行,我教你!"

我花了俩小时,用爪子艰难点出"努力"两个字。黑背看了俩小时,沉默一会儿说:"这就是玩微博?去你的微博吧!"

经常有人问:"梅茜啊,你每天都介样[1]打字吗?"

不然我大中午不吃饭搞什么鬼?凌晨四点起来,这篇文章题目已经打了我昨天一整天外加今天上午了!写得键盘上全是毛!

"梅茜,你两岁半了,有没有想过自力更生?"

"老爹，我是条狗子，自力更生的话很快就饿死了。"

"哈哈哈哈，果然是条虚弱卑微恍如阿米巴虫一样的无能犬啊。"

"你给我等着……"

我咆哮着，冲到电脑前，开始自己的编剧生涯。

有阵子《轩辕剑》很火，我打算从武侠剧入手。

《梅茜武侠剧本第一稿》

从前有个小孩，全家被魔头杀光光。但是魔头不打算放过小孩，步步紧逼！紧逼！紧逼！一直把小孩逼到了悬崖边！小孩宁死不屈，纵身跳下了山谷！但是他被树枝挂住，而且发现了一个山洞！小孩觉得自己报仇有希望了，泪水四溅跑进山洞，终于找到了宝藏！宝藏是一千颗巨！大！的！肉！丸！

老爹看完呆如木鸡。

算了，我还是重写吧。

《梅茜武侠剧本第二稿》

从前有个小孩，全家被魔头杀光光。他忍辱偷生，学到武林秘籍！成为天下最厉害的人！他疯狂地寻找仇人！经过一层层的探索，他终于面对魔头！魔头戴着口罩和鸭舌帽！谁也猜不到魔头的真面目！当魔头把口罩和鸭舌帽摘下来，小孩手里的剑"哐当"掉在地上，泪水四溅！原来，魔头竟然是一条叼着飞盘的成！年！边！

牧！犬！

老爹看完面色苍白。

算了，我还是重写吧。

《梅茜武侠剧本第三稿》

从前有个小孩，全家被魔头杀光光。他千辛万苦，躲在洗手间里，终于没有被魔头抓到！于是小孩决定拜师学艺，将来也去杀光魔头的全家！但是，小孩还没有找到老师，在他七岁那年就死了！因为他小时候没有打！犬！瘟！疫！苗！

老爹看完"咚咚咚"连退几步，跌坐在地。

算了，《甄嬛传》也很火，我还是去写宫廷戏吧。

《梅茜宫廷剧本第一稿》

从前有个女孩，被选进了皇宫。她心地善良，被嫔妃们欺负！但她咬紧牙关，只要能生出太子来，她就可以成为最受宠的人！终于，她怀孕了！御医诊断后，确定她怀的是双胞胎！她开心地流泪！谁也没有想到，恶毒的皇后在她院子里埋了一只死老鼠！生产那天，她痛不欲生，生出来一看，是两！袋！火！腿！肠！

老爹看完从眼角缓缓渗出血丝。

算了，我还是重写吧。

《梅茜宫廷剧本第二稿》

从前有个女孩，被选进了皇宫。她心地善良，被嫔妃们欺负！特别是一位一个眼圈黑、一个眼圈白的老嬷嬷！动不动就关她小黑屋！用针扎她！有一天，她又被推进了小黑屋！她哭着喊着要出去，老嬷嬷堵在门口不让她走！于是，女孩用力丢出去一个球，老嬷嬷兴奋地叫了一声，冲出去趴着把球叼起来，女孩趁！机！逃！走！了！

老爹不肯看。

我上蹿下跳，喊："老爹看下子不啦，看下子不啦！"

"梅茜，你阅历不够，我明天还是带你去旅行吧。"

"是不是想做大编剧，就必须先做大旅行家？"

"嗯。走很多地方，认识很多人，你就可以知道，上帝是怎么编剧的。"

"好。"

于是我跳下电脑桌，喝了口酸奶，咕噜噜滚到墙角睡觉去了。

睡前，老爹摸了摸我的脑袋，说："梅茜，你的世界真简单。"

我说："那我要是去旅行，走很多地方，认识很多人，会不会变得复杂？"

老爹沉默了会儿,说:"变得复杂了,才会觉得这个世界其实很简单。"

　　听不懂,睡觉。再简单有睡觉简单吗?你看,3,2,1,呼噜噜……

*　　*　　*

[1] 这样。

藏在角落里的爱

The Journey with You

我爱的你不爱,不如都不爱。

1

有一天大雨。

老爹的行李铺了一地,好几天都没收拾,一直趴在沙发上看电视。没事就在那儿哼哼:"明月不归沉碧海,一弦一柱思华年。旧时王谢堂前燕,只是当时已惘然。"

他喊我过去,很严肃地说:"梅茜,我们开诚布公地谈谈吧。"

我吐掉骨头,噌噌噌跑过去,说:"哈?"

他说:"你在人前喊我什么?"

我说:"老爹。"

他说:"你在人后喊我什么?"

我说:"老头。"

他说:"还有呢?"

我说:"长毛贼。"

他说:"还有呢?"

我说:"胖子。"

他说:"还有呢?"

我说:"丫。"

老爹呆了一会儿,我回头看看丢在地上的骨头,也呆了一会儿。

突然他暴跳如雷,大喊:"你怎么小小年纪,人前一套人后一套!我对你哪里不好了,你跟萨摩耶打架,还是我偷偷过去踩人家脚,你才赢的!害我被萨摩耶的主人翻白眼!"

我眼泪四溅,大叫:"你还好意思说!要不是你横插一脚,我就能赢得光明正大!你玷污了我们狗狗之间的战争!"

老爹大喊:"没有良心的白眼狼,远离我的视线!"

我号啕大哭,骨头都来不及叼就冲向阳台,外头暴雨狂风,我只想冲到院子,然后奋力跳出栅栏。

我刚冲到阳台门口。

"吃中饭了,梅茜。"

"我要吃大排,老爹。"

2

有一天大雨,我们从超市出来,站在屋檐下惆怅,老爹挣扎要不要回去买把伞。还没挣扎完,一对情侣牵着条金毛,打着把伞,从马路对面过来。

男孩说:"哎呀,麻将打完,把包忘在他家了。"

女孩说:"我陪你去拿。"

男孩说:"不用不用,你和欢欢在屋檐下等我会儿,我去就好了。"

女孩接过金毛的绳子,蹲下来跟欢欢说:"欢欢,快跟你爸说,小心点,下雨路滑,不要心急。"

欢欢摇摇尾巴,女孩脸贴着狗脸,还蹭了蹭,说:"欢欢真乖!我好喜欢欢欢!"

男孩笑着打伞冲进雨里。

男孩刚走远,欢欢抖了抖淋湿的毛,哗啦哗啦,溅到女孩身上。女孩猛一脚,把欢欢踢出屋檐,小声骂:"死狗,滚开。"

欢欢低低地叫了几声,不敢爬回屋檐下面,便趴在雨里。女孩看都不看他,嘀咕说:"没事养条狗干吗?真够烦的。"

我和老爹连退几步,互相看看,一人一狗眼神中充满惊恐。

雨点啪啦啪啦打在欢欢身上,欢欢动都不动,耷拉着耳朵,眼睛不敢抬，蜷缩着趴在台阶下。

我跟老爹说："我去陪他说会儿话。"

老爹说："好吧，我正好去买伞。"

刚走进雨里，瞬间我就感觉全身重了好几斤。啊，毛全贴住了。

我说："我叫梅茜，欢欢你多大了？"

欢欢小声说："九岁了。"

我大惊失色："九岁！那不是快死了？我才一岁半。"

欢欢小声说："我也有过一岁半的时候。"

我拖他进来。欢欢摇头，说："没事，等我爸回来，阿姨就不会这样了。"

我气急败坏："你都九岁了，要是一感冒，说不定就死了！"

欢欢说："什么叫死？"

我愣了一会儿，说："死啊，就是……明月不归沉碧海，一弦一柱思华年。旧时王谢堂前燕，只是当时已惘然。"

欢欢纳闷地摇头："梅茜你说什么？"

然后我们就都趴在雨里，等各自的老爹。

自那以后，我一共再见过欢欢两次。

3

有一天大雨，我和老爹坐着朋友的车，开进小区，发现门口的柱子上，拴着条金毛。

老爹冒雨跑下去,问了问门卫,又跳上车。

我问啥事呀,老爹说:"这条金毛走丢了,在竹林里被小区里的人捡到,就拴在门口,等主人来领,没事,保安说他会一直盯着。"

雨停了,老爹和我散步,散到门口,发现金毛还拴在那里。

我奔过去,喊:"欢欢你还没有死啊!我是梅茜!"

欢欢本来无精打采地趴着,跳起来惊喜地喊:"梅茜我还没有死啊,我十岁了!"

我拽着老爹,让他去超市买了好几根火腿肠给欢欢。等老爹捧着一包火腿肠从超市出来,我正目瞪口呆地盯着一场恶战。男孩满脸是泪,抱着欢欢,和站一边怒气冲冲的女孩对峙。

老爹叹气说:"我爱的你不爱,不如都不爱。"

4

最后一次看到欢欢,是6月初。

阳光明媚,小区广场到处是欢呼雀跃的狗狗。

老爹四仰八叉躺在广场长椅上,叼支烟翻书。

我蹲在旁边,看远处边牧接飞盘,黑背追萨摩,无穷无尽的泰迪转圈圈。

我听到耳边有喊我的声音:"梅茜!"

我一看:"欢欢!"

欢欢很慢很慢地晃到我身边,说:"梅茜,这下我真的快死了。"

我说:"啊?"

欢欢说:"我在家躺好几天了,老爸说天气好,带我出来走走。"

我张张嘴巴,说不出话。

欢欢低低地喘了几口气,说:"其实我根本走不动啊,我想多陪老爸一会儿,待在他脚边就好。梅茜你几岁了?"

我结结巴巴说:"两……两岁了……"

欢欢抬头看看天空,腿都晃啊晃的,说:"我两岁的时候,刚到老爸家啊。其实我一直在想,为什么当年主人不要我,想到老爸对我那么好,我跟自己说,不要想了,我要陪老爸一起。可我眼前还老有一个影子,晃来晃去。"

我偷偷回头看看,长椅上的老爹四仰八叉,书掉在脸上,睡着了。

欢欢说:"老爸这几天都请假了,把我的屋挪到床边,买肉给我吃,但我吃不下了。我想出来走一下,看看你在不在。和你打个招呼,以后可能再也看不见啦。"

我突然眼泪汪汪的。

欢欢说:"我猜,死啊,就是躲到一个角落里,只能看见老爸,老爸看不见我。想想挺难过的。"

我偷偷擦擦眼泪。

欢欢说:"我回去了,阿姨到我家后,这个小区我只有你一个朋友。我想,今天努力走一圈,要是碰到你最好,碰不到的话就算了。

我回去了梅茜，我不知道自己还能在老爸脚边躺多久，躺着躺着我就觉得自己好像回到刚两岁的时候，刚被带到老爸家里的时候。"

我眼泪汪汪的，止不住地往下掉，来不及擦。

欢欢用力站起来，说："我那时候跟自己说，要保护老爸，但是一直是老爸保护我。如果我死了，幸好还有阿姨陪着老爸。梅茜再见啦。"

我抽抽搭搭地说："欢欢再见。"

欢欢走了几步，停一会儿，他老爸赶紧把他抱起来。欢欢蛮重的，他老爸抱得直喘气。

老爹玩杂技一样，在长椅上翻一个身，说着梦话："梅茜，你人前喊我什么？"

我说："老爹。"

他说："人后呢？"

我说："长毛贼，胖子，老头，丫。"

…………

番外：
梅茜七夕全记录

1

早上起床，溜出去发现老爹趴在草坪上，对一群狗子严肃地训话。

他说："你们啊，要向黑背好好学习，疾恶如仇，不要见人就摇尾巴，看见坏人就要咬他。"

话刚说完，狗子们纷纷扑上来，有的咬他裤腿，有的咬他鼻子，有的咬他脸。

老爹"噌"地跳起来，腰上还挂着三条泰迪。

2

中午老爹看着我说："做狗比做人幸福好多，如果我俩换一换，今天七夕我就满足了。"

我立刻体贴地把自己面前的一盆狗粮，和他面前的一碗红烧肉换了换，迅速吃掉了。

3

隔壁小区有条阿拉斯加，这条狗子非常烦，经常到我们小区溜达，然后永远一副冷酷的样子，搞得我们小区的女狗一片花痴。

刚刚又看到他跑到广场，周围一圈女狗粉丝。

我忍无可忍，当众大喊："阿拉斯加你这个老玻璃。"大家都很震惊。最震惊的是我，因为我竟然看见阿拉斯加的脸红了。

4

下午老爹对着电脑发呆，长吁短叹没有妹子。

我无聊地独自散步，发现超市那边出现一个漂亮妹子。

我赶紧连滚带爬冲回家喊老爹。

老爹赶紧连滚带爬冲到超市。

妹子刚要走，我一个虎扑，跳到妹子前面拦住她。

在妹子的注视下，老爹走过去，冷静地对她说："哥们儿，借个火。"

5

黄昏了，老爹教训我，说不要老是坐在那边看电视，又懒惰又不劳动一天到晚坐着，坐久了会得小儿麻痹症，两腿发软站都站不起来。他一边说,一边从电脑前站起来,结果两腿发软站都站不起来,连人带椅子翻过去了。

6

在夜晚飞快地跑飞快地跑飞快地跑,超过自行车超过电动车超过公交车超过所有一对一对的情侣。可是月亮永远在前面。

"梅茜,为什么要追月亮?"

"老爹,因为你说,单身的妹子都住在月亮上啊,我追到月亮,用头顶顶它,上面的妹子就骨碌碌全滚下来了。"

"梅茜,等月亮变小,她们没地方站,会自己走下来的。"

"要等好久啊,老爹你帮我做个弹弓,我把她们打下来吧。"

"梅茜,打肿脸的妹子看不清长什么样子啊。"

"肿末办[1]呢?"

"等老爹酒醒了,就开着飞船带你到上面去接妹子。"

"真的吗?"

"真的。"

晚上做梦,梦见自己攥着一把巨大的弹弓,飞到月亮上面。那里有无数妹子。有的嗑瓜子,有的敷面膜,有的看电视,有的玩电脑,有的发呆,有的失眠,有的捂着被子哭,有的对着平板电脑傻笑。然后手机纷纷响了:"喂,妈妈,嗯,我很好。"

老爹说,每个人都撒过一个最大的谎,那就是"嗯,妈妈,我很好"。

算了，大家都不容易，我就不用弹弓打你们了。

住在月亮上虽然冷，也没有人听到自己的心事，但总会有人开着飞船来接你走的。

如果明年七夕还住在上面，就要靠梅茜用弹弓把你们打下来了。

*　　*　　*

[1] 怎么办。

我们都在单曲循环，你会停在哪一首

The Journey
with You

花谢了，它会让你看到唱歌的雪。
雪停了，它会让你看到透明的冰。
冰融了，它会让你看到微笑的云。
每一种美丽，都是它在温柔地跟你说，
别担心，你们都在我怀里。

1

老爹说，沉默是金，我们玩一次只能说一个字的游戏。这个游戏每次都以搏斗结束。

比如我跟老爹玩。
我："呀。"
老爹："咋？"

我:"呸。"

老爹:"嚓!"

然后打得一塌糊涂。

比如我跟黑背玩。

我:"嘿。"

黑背:"哈。"

我:"滚。"

黑背:"干!"

然后打得一塌糊涂。

这种局面直到滚球球出现。滚球球真的很小很小,毛茸茸的,走路跟滚动一样,几乎看不见脚,感觉用爪子一拍脑袋,整条狗都会被压扁。

跟滚球球玩这个游戏。

我:"嗒。"

滚球球:"咕。"

我:"啊?"

滚球球:"咕!"

于是我发现,原来滚球球只会说一个字:"咕。"

2

阿独是条非常牛的流浪狗。传说他会少林绝学《易筋经》。但就算这么牛的狗，因为是条流浪狗，所以也只能靠捡矿泉水瓶卖钱过日子。

我们很少见到阿独，每天清早他消失不见，去各个小区找垃圾。剩下滚球球蹲在草丛，看着蓝天白云努力学习。

这父子俩都是文盲。

我问滚球球："姨妈的儿子怎么称呼？"

滚球球："咕。"

我继续问："舅舅的孙女怎么称呼？"

滚球球："咕。"

我只好问："爸爸的妹妹怎么称呼？"

滚球球："咕。"

这是他唯一能回答正确的问题。

3

对面九栋住着个姑娘，她每天很晚回家。路过草丛的时候，她会抱着滚球球，喂他吃点东西。然后一人一狗，坐在长椅上，仰头看着月亮，轻轻哼起歌谣。

我趴在窗台，看着他们。

月亮嵌在夜的中间，像掉进水面的元宵，你会觉得它在一点一点荡漾，仿佛永远都在那里，可是也许下一秒就会消失不见。

听不见他们在唱什么，滚球球大概一路"咕"到底吧。

风吹起来,把落在草丛的一片叶子吹进家里。

我捡起来,上面居然刻着四个字:老王五金。

丧心病狂!广告做到大自然了!

4

一天我啪嗒啪嗒经过,滚球球严肃地端坐,嘴巴一动一动,艰难地唱起来:"但愿那海风再起,只为那浪花的手,恰似——你的温油[1]——"

吓得我一屁股坐在地上:"滚球球你会说话啦?"

滚球球点点头,努力地说:"细的[2]。"

我说:"那你知道这几句前面是什么吗?"

滚球球摇摇头,说:"不几道[3],姐姐从来没有教我。"

我精神来了,和他并排坐好,教他唱了首歌:"'动次打次,动次打次',你身上有她的香水味,是我鼻子犯的罪,不该嗅到她的美,擦掉一切陪你睡……但愿那海风再起,只为那浪花的手,恰似——你的温油——"

5

中午我叼了一颗最大的肉丸出来,放在滚球球面前。

滚球球大惊:"梅茜姐姐,介素神马?"

我说:"这是肉丸子。"

滚球球眼珠子都瞪出来了:"介么大!"

我看了看,是大了点,跟滚球球脑袋一样大。

我说:"快去吃吧。"

滚球球说:"好的。"然后滚球球小心翼翼滚着球,转眼不见了。我心想:哈哈哈哈,足够他吃两天了。下午我啪嗒啪嗒路过,有个怯生生的声音喊我:"梅茜姐姐。"

我咚地跳转身,说:"谁?FBI[4]吗?"

滚球球钻出来,说:"我介绍一个好朋友给你认识。"

我狐疑地说:"是谁?"

这时候,一个肉丸子从滚球球身后探出头,抱着滚球球的后腿,小声说:"你好,我是肉丸酱。"

晴天霹雳!肉丸子活了!天哪!

我颤抖着说:"你好,肉丸酱……"(其实我当时差点吓尿。)

滚球球说:"肉丸酱告诉我,他还可以长大,等他长大了,就不仅仅能喂饱我,还能喂饱更多的流浪狗子呢。"

我颤抖着说:"这不科学啊……"

肉丸酱坚定地说:"我和滚球球约好了,我还在发育,等我长大了,长成全世界最大的肉丸子,就剖腹自尽,让滚球球用环保袋背着我,去分给所有的流浪狗子。"

我呆呆地看着他们，一条小小狗，一个大肉丸，都一副严肃的表情。

这时候，传来一阵狂野的"哈哈哈哈哈哈"，黑背奔过来，一口含住肉丸子！肉丸酱惨叫一声："救命！"

黑背赶紧吐出来，瞪着肉丸酱，迟疑地说："是你在说话？"

肉丸酱点点头。

黑背两眼一白，翻身晕厥过去。

肉丸酱问："他怎么了？"

我说："没事，过一会儿他就好了。"

过了十秒钟，黑背又翻身爬起，说："那我能不能吃你？"

我们一起摇摇头。

黑背如遭雷劈，跌坐在地，直愣愣盯着肉丸酱，眼眶开始发红，然后号啕大哭。

他哭得梨花带雨，惨不忍睹，结果肉丸酱受到感染，也号啕大哭。

黑背看见肉丸酱眼泪四溅，发了一会儿呆，猛地伸出舌头，舔干净肉丸酱的泪水，喃喃自语："吃不到肉，舔点肉汁也是好的。"

6

肉丸酱找我，小心地说："梅茜姐姐，你可以教我写字吗？"

我浑身一抖，沉痛地说："肉丸酱啊，梅茜姐姐平时只会拍字。"

肉丸酱困惑地说:"什么叫作拍字?"

我难过地举起前爪,说:"你看,咱们手指分不开,打字只能靠拍的,啪,拍一下,啪啪啪啪,才能打好一个字,还经常想拍 G,结果拍到 H,想拍 U,结果拍出来 Y78UI,还写什么字,呜呜呜呜……"

肉丸酱不顾我的忧伤,兴奋地从草丛里扒拉出几张破烂的报纸、几支铅笔头,说:"梅茜姐姐,这是我从垃圾堆里找到的。"

我举着爪子,震惊地说:"干吗?"

他认真地看着我:"梅茜姐姐,我不要拍字,我要学写字,你看,我有手。"

说完他举起手。

天哪!丫有手!

我突然很想哭。

7

转眼秋天到尾声了,冬天面色煞白地扑过来。滚球球盖着发黄的树叶,蜷缩在草丛。唱歌的姑娘很久没和我们相遇。

一直到下雪的深夜,她拖着行李箱要离开小区。她蹲在草丛,对滚球球说:"我要走了,和我一起走吗?"

滚球球摇头,说:"我在等车铃的声音。"

姑娘说:"为什么要等车铃的声音?"

滚球球沉默一会儿，说："因为我离开家的时候，只记得那儿有车铃的声音。"

姑娘抱起他，一块儿坐在长椅上。

姑娘说："这就是下雪啊，你这么小，肯定没有见过。"

滚球球说："嗯，就是有点冷。"

姑娘说："有点冷啊，没关系。这个世界很温柔的，知道吗？它是如此温柔。花谢了，它会让你看到唱歌的雪。雪停了，它会让你看到透明的冰。冰融了，它会让你看到微笑的云。每一种美丽，都是它在温柔地跟你说，别担心，你们都在我怀里。"

姑娘说："听，它在唱歌。"

姑娘捧起滚球球，雪花飞舞，全世界像在单独做一个梦，梦里有一望无际的夜。它包裹你所有记忆，变成一望无际的海。

你想念的人在夜晚某时某分，在海洋某处某地，在那片一望无际的某个角落。

所以你只要在夜里，对漫天飞舞的雪花说，我想你。

不知道他在哪里，所以要唱给整个夜晚听，唱给整片海洋听。

滚球球问："姐姐，你的夜晚里，你的海洋里，有什么呢？"姑娘的眼泪哗啦啦掉下来，掉在滚球球的脸上。

她说："我有一个温柔的世界，一切美好，花朵无限的香，青草无限的绿，天空无限的蓝，可是差了一块，要等那一块填补上去，这个世界才是完整的。"

滚球球说:"那一块是什么?"

姑娘没有回答,呆呆地看着滚球球,说:"你呢?你的夜晚里,你的海洋里,有什么呢?"

滚球球说:"有妈妈,有家,有叮叮当当的车铃声。"

他们静静地坐在长椅上,雪花落满身体。

在如此安宁的深夜,姑娘和滚球球一起,轻轻地唱歌:

"让它淡淡地来,让它好好地去,到如今年复一年,我不能停止怀念,怀念你,怀念从前。但愿那海风再起,只为那浪花的手,恰似——你的温油——"

8

我问老爹:"老爹,姑娘和滚球球为什么只唱一首歌呢?"老爹说:"每个人的人生,都像在不停单曲循环。每段时间,你就只能单曲循环一首曲子。你停不住,它停不住。等到换了曲子,说明你到了另外一个阶段。"

我说:"然后呢?"

老爹说:"然后开始新的单曲循环。"

9

第二天大清早,我起床散步,发现黑背站在高高的楼顶,努力仰起头。

我好奇地爬上去，看见他头顶肉丸酱，脖子挺直，一副试图用脑袋戳破天空的模样。

肉丸酱踮脚站在黑背头顶，侧着耳朵，闭目聆听，小声说："挺住，挺住，我感觉我快听见了。"

黑背颤抖着说："我挺不住了啊。"

过了半晌，肉丸酱跳下来，大叫："我听见啦！"

黑背摇摇晃晃离开，脸色发青，嘀咕着："我不行了，我要回家睡觉。"

肉丸酱说："黑背你不咬我一口啦？"

黑背有气无力，哭着说："我颈椎都快爆炸了！我不管，我要回家睡觉。"

说完，黑背一路踉踉跄跄回去了，中间连摔七十几跤。

肉丸酱告诉我，他在寻找车铃的声音，他跟黑背交易，让他顶着自己，这样可以站更高一点，听更远一点，代价是给黑背咬一口。结果黑背一动不动顶了四个多钟头。

远处还能望到黑背扑通摔一跤，挣扎着爬起的背影。

10

滚球球和肉丸酱敲开我家的门。

滚球球身背一个环保袋，里头装着破报纸和铅笔头。

他们认真地说，要去寻找有车铃声的地方。

我在环保袋里装了点狗粮，说："找不到就回来。"

他们走了。我站在门口，眼泪止不住地掉。

11

过了好几天，我在马路边溜达。

马路牙子传来微弱的叫声："冲啊冲啊冲啊！"

我低头一看，无数蚂蚁在狂奔，他们狂喊："冲啊！吃他娘，抢他娘，闯王来了不纳粮！"

我跟着蚂蚁嗒嗒嗒走了一段路，脚碰到一颗发馊的小肉丸。

我注视着发馊的小肉丸，有些眼熟。

可他是死的，而且很小。

似乎是因为我看着他，恍惚里总觉得他冲我笑了一下。

然后慢慢地、慢慢地瘫软，慢慢地、慢慢地化为一堆粉碎的肉末。

我抬起头，是间破败的小店铺，门头有四个字：老王五金。店铺倒闭很长时间了吧，墙角有个锈迹斑斑的车铃。

突然我的心猛地收紧，不知道为什么，眼泪开始冲出眼眶。

接着我看到环保袋。

我扒拉袋子，叼出破破烂烂的报纸，边缘上写着许多歪七扭八的铅笔字。

12

在《小三上位出新招》的报纸边上，有几行字：

其实我没有听见车铃声，但我学会了写字。以前滚球球在叶子上，用小石头刻着字，我看不明白是什么字。

我问滚球球，他也说不认识，他是文盲。他只记得，小时候被抓住丢到河里，幸好阿独救了他。

在妈妈身边被抓住的时候，他只来得及记住，住着的地方有块牌子，上面写着这四个字。

他每天写千万遍，就是怕忘记。

现在，我认识字，我知道是老王五金。

别怕，滚球球，我带你去。

在《北京PM值爆表漫天阴霾》的报纸边上，有几行字：

走得真累。终于走到了老王五金。

滚球球不肯离开，他说要等妈妈。

在《老太太怒斥少女不让座，双方互骂五分钟》的报纸边上，有几行字：

我们等了几天，没有东西吃，滚球球躺在地上不能动了。

我说："滚球球，你吃我好不好？"

滚球球说："不可以，你还在发育呢。"

我哭了，说："滚球球，我发现自己长不大了，反而在逐渐变小，你看我，已经不是狮子头，跟鱼蛋差不多大啦。"

滚球球说："这个世界很温柔的，就算你变小，那说明有更美好的事情在等着你呢。"

在《赵本山告别春晚，网友纷纷挽留》的报纸边上，有几行字：

滚球球昏过去了。

我坐在他嘴巴边上，屏住呼吸。

只要我两分钟不呼吸，就会死掉。

这样，等滚球球醒来，他就会发现，吃的在嘴边呀。

因为我只是一个普通的小肉丸。

滚球球，再见。

谢谢你，在我是活着的肉丸的时候，你让我知道，这是一个温柔的世界。

那么，再见啦。

13

  我发疯似的找滚球球，翻开墙角的垃圾，他蜷缩在那里。拼命喊他，他一动不动。

  又下雪啦。

  可是这里很喧哗。

  各种行人的吵闹，汽车的喇叭，还有小孩滑了一跤，正在放声大哭。

  一个大婶路过，嘀咕了一句，秋天这里病死一条大狗，冬天又冻死一条小狗，真不吉利。

  那个锈迹斑斑的车铃，被人踢了一脚，发出叮叮当当的声音。

  我的耳朵贴着滚球球，似乎听到他在唱：

  "让它淡淡地来，让它好好地去，到如今年复一年，我不能停止怀念，怀念你，怀念从前。但愿那海风再起，只为那浪花的手，恰似——你的温油——"

  我们都在单曲循环，你会停在哪一首？

* * *

[1] 温柔。

[2] 是的。

[3] 不知道。

[4] FBI 为美国联邦调查局。

梅茜：" 老娘这么笨的金毛，荤素不忌，快慢由心。说睡就睡，睡醒再睡。拳打黑背，脚踢边牧。跑起来吓死爹，躺下来装可爱。有钱有势我滚肉丸，家徒四壁我啃地板。热闹的时候我是宠物，冷清的时候我是亲属。你说跳我跳一米多高，你说吃我吃两斤多重。你陪我一程，我还你一生。"

老爹："么么。"

The Journey with You

第 5 话
我们要彼此相爱

The Journey
with You

梅茜在拼命写字,
梅茜想陪着你,从你去不了的地方,
带故事给你听,带所有的勇气给你。
总有一天,你会去到那些地方,风抚摸脸庞,雪山洁白,
湖泊明媚,听到全世界唱给你的情歌。

我不理解这个世界，不懂得一切规则，我只知道喜欢你。
我不试图留在你心里，我只想将自己拥有的一切给你。
用十年来喜欢你，这些就是我的财富，
别嫌弃这一点点财富，那是我的全部狗生。
别问我值不值得，我傻得很，没有考虑过，
从出生那天开始，我就在等你，然后陪着你。
我最难过的事情，是没有办法等到你老去。
请允许我活着。

Fifth

你要允许我活着，虽然时间并不长。我一共有十年的生命，在这十年中，十分之九的时间，你在努力工作，招待朋友，去美好的地方寻找风景。剩下的十分之一，我能够看见你的身影，所以这是我最重要的一年，比从小陪我长大的橡胶球重要，比我的水盆重要，比一切好吃的食物加起来还重要。

　　我有小小的世界，卧室到客厅，厨房到门口，和小区春绿秋黄的草坪。我也有复杂的工作，趴在门口听你回家的脚步声，躲在窝里回想你早上跟我说的话。我不要工资，别讨厌我工作做得不好，我将用一辈子做到更好。

　　你会结婚，你会有宝宝，你会有那么多操心的事情。而我穿行在你生命中，奔跑，欢呼，静静注视你，用尽全力让你重视的人可以喜欢我。

　　我会掉毛，虽然我自己也不愿意，所以你要骂骂我，不然我会觉得难过，因为这带给你麻烦。但是求求你，骂得轻一点，我的心都碎了。

　　我会在你看电视的时候，给你做脚垫。我一点也不脏，真的，你带我洗澡就好了。

　　我不理解这个世界，不懂得一切规则，我只知道喜欢你。我不试图留在你心里，我只想将自己拥有的一切给你。

The Journey
with You

黑背救爹记

The Journey
with You

黑背老爸红着眼睛对黑背说:
"不是我逼你住阳台,房租又涨了,
换房计划破产,实在挤不出地方给你。"
黑背一愣,红着眼睛说:
"老爸,你租个狗窝吧,我挤出地方给你。"

黑背老爸五一节收到几张喜帖。

第一场婚礼他的积蓄就花光了。这场婚礼非常厉害,大家头顶挂着屏幕,在不停滚动字幕。比如,王二小,礼金八百元,入二等席;吴三八,礼金四千元,入特等席;郭富勤,破鞋一双,已打折双腿;黑背老爸,一百七十三元,门口板凳。

黑背老爸当场痛哭出声,他握着新娘新郎的手号啕大哭,喜事差点被他弄成丧事。

第二天他去银行贷款。银行小姐问他:"先森[1],贷款整什么玩意儿?"

黑背老爸:"贷款付份子钱。"

银行小姐:"我行没有这个业务。"

黑背老爸:"没有这个业务老子弄死你。"

银行小姐:"保安,弄死丫的。"

黑背老爸被银行保安折腾一通,回家后发呆。这时候有人敲门,是他的初中同桌,叫裤头。

裤头对他说:"眼前的困难都是暂时的,只要年轻,就有希望。"

黑背老爸重重点头说:"裤头你真有文化。"

裤头说:"你听说过宇宙能量物质永恒自净高矿富氧超负离子生命水一体机吗?"

黑背老爸说:"你说的每个名词我都有印象,加在一起就不明白了。"

裤头慈祥地说:"没关系,你上几节课就能明白了。"

黑背在我家蹭饭,锅里咕嘟嘟炖着肉丸。

炖好了后,黑背分到三个丸子,他含在嘴里不肯咽下去,说要等老爸回来一起吃。

我爹说:"你别等了,你爸搞传销去了。"

黑背瞪大眼睛,激动地说:"传销是一种妹子吗?我爸真的可以搞到?"

我喝了口酸奶，奋力跟他解释："传销是很可怕的违法行为，就像你被关在笼子里，连嘘嘘都有几个人看着。"

黑背大惊，说："那我老爹一定会觉得很不好意思，嘘不出来的。"

我说："现在不是考虑嘘不嘘的问题，你爹蛮危险的，他一定很想你。"

黑背说："梅茜你别这样，他就算不想我，我也会去救他的。"

说完他从自己的小背篓里掏出一根狼牙棒，用嘴叼着挥舞几下："梅茜，你看，我赞不赞？"

我默默在他面前按了下爪子，表示点赞。

老爹把剩下的肉丸全部装进他的小背篓，说："黑背，你是一条狗，路上没有吃的了，就找小姑娘要饭吃。"

黑背眼睛红通通的，说："小姑娘不给我饭吃怎么办？"

老爹说："小姑娘心都很好的，不给你饭吃，你就代替我摸她们屁股。"

黑背隆重地点点头，嘴叼狼牙棒，扛着小背篓，窜出门去。

我问老爹："他去哪儿？"

老爹说："看样子是去广西。"

我吃了很大一个肉丸子，吃完却堵得慌，黑背又不会坐火车，只能拼命跑，跑到爪子都磨平。

广西是不是很远？比来凤小区还远吗？

想着想着我就睡着了。

在梦里，黑背借了阿独的斗笠，追寻着他老爸的味道，在车轮和人群中疯狂奔跑。

这时杀出一个大妈，挥舞着扁担向黑背杀来，大喝："呔！妖怪！"

不对，梦岔了，这是孙悟空。

重新梦一下，黑背走得又累又饿，突然发现前方LED灯牌大亮，写着："三碗不过岗。"

黑背大喜，一口喝完，被老虎咬死了。

不对，这是《水浒传》。

重新梦一下，黑背见到了他爸，扑通就给裤头跪下，哭着说："妖精！放了我爹爹！"

不对，这是葫芦娃。

最后梦到黑背回来了，一脸憔悴，拿着狼牙棒挖地葬他爸，一边挖一边唱："红消香断有谁怜。"

惨得我在梦里大哭，狗毛通通打湿了。

早上老爹对我说："哭什么，黑背不管到哪里，都会被遣送回来的，不信你等等看。"

我问："要等多久？"

老爹说："三。"

我说:"三天?"

老爹说:"二,一,铛铛!"

门口一看黑背果然回来了,还带着他老爸。

黑背老爸对我爹说:"陈末,幸亏有你!"

老爹说:"没事没事,不就是举报了你嘛!"

黑背老爸说:"我想通了,有咱们两个一起努力,做到金钻不是问题。"

老爹:"……"

我偷偷问黑背:"你是怎么找到你爸的?"

黑背说:"想知道啊?"

我猛点头,黑背嘿嘿一笑:"买一台宇宙能量物质永恒自净高矿富氧超负离子生命水一体机,我就告诉你。"

* * *

[1] 先生。

黑背老爸的备份人生

The Journey with You

> 叔,你看我们狗子,
> 把主人当作整个生命,
> 但是对主人来说,
> 我们只是一部分。
> 可是我们彼此相爱。

  我的老爹是个卖字的,但是这两天拒绝打开文档,这让我十分忧愁。不写字就挣不了钱,挣不了钱我就没有肉丸子,可能连狗粮都没有。在对待工作上,我比老爹还要上心。

  老爹耐不住我的追问,告诉我说,现在无法直视文档,打开来,第一个提示消息出现在左边,一堆备份文件一排排列好,提示说:"如果您已经另存了重要文档,可以删除此处的文件。"

  老爹说:"保存它们的话浪费内存,删除它们的话又于心不忍。唉,心好乱。"

我相信这是他懒惰的借口,因为说完他就继续吃龙虾去了,这个夏天的最后一顿龙虾,老爹和黑背老爸一起郑重地吃着。

黑背老爸的一生,就像电脑里的备份,很少有需要用到他的时候,而偶尔有一次忘记保存正本,调他出来,往往还要被嫌弃不够完整。

有一次他到我的店里,遇到一个姑娘,姑娘请师兄吃晚饭,结果师兄说时候不早,走掉了,留下姑娘独自吃掉整张比萨。黑背老爸请她喝樱桃啤酒,对她说:"备份同胞你好,其实我们应该自己偷偷跑掉,等对方发现后悔莫及。"

姑娘摇摇头:"对方不会发现的,谁会记住一个备份呢?"

从那以后,黑背老爸对姑娘不可自拔,两个人在店里陷入热恋,但是黑背老爸总是担心姑娘会把他删除。

他就趁着吃龙虾的空当,问老爹:"世界上真的存在你爱我,我也爱你的感情吗?"

老爹说:"不然你以为全世界都在单恋?"

黑背老爸说:"可是我从早上睁眼起来到睡前脑内故事,都是她的影子,她却连电话都不打给我。"

我爹说:"说明她事业比你成功。"

黑背老爸还不罢休,继续说:"两个人感情不对等,必定是悲剧吧?"

老爹懒得搭理他,把脸埋在清水龙虾壳里。我好心地说:"叔,你看我们狗子,把主人当作整个生命,但是对主人来说,我们只是一部分。可是我们彼此相爱。"

黑背老爸痛苦地说:"我们讲的完全不是一个事情,我恐怕会成为备份的备份,小名备备。"

我也不罢休,继续说:"其实是一样的,感情不平等要看跟谁比。你喜欢一个人会付出百分之百,她喜欢一个人会付出百分之十,这都是你们爱的顶点,你拿她跟自己比,是不是不公平?"

黑背老爸冲我爹大吼:"你看你家狗子,乐观得太可怕了!"

我爹也大吼:"不准说我的狗,你这个悲观的'怨妇'!"

黑背老爸无法乐观,因为明明成为正文,却还以为自己是个备份。如果你有一颗期待被点击的心,也别忘记自我保存。

秋天必须要做的十五件事

The Journey
with You

和老爹坐在路边，享受夜风。顺着老爹的目光看过去，
我忍不住问他，为啥辣个[1]姑娘的鞋跟辣么高？
老爹说这样显得小腿曲线好看呀！
我继续问，为啥辣个姑娘的裙子辣么短？
老爹说这样露出大腿的曲线好看哪！
我又问为啥辣个姑娘脸上看起来辣么生气？
老爹一惊，低声喊，白痴，快跑，我们被发现了！

　　特别奇怪，在我三岁前，每一年降温都伴随着下雨，稀里哗啦，树叶都湿答答地黏到地面上，但三岁这一年的大太阳明晃晃地照着照着照着，却凉快了下来。

　　刚立秋，老爹就开始兴高采烈的，背着双肩包兴高采烈地出门，兴高采烈地回家，讲几十遍天气真好啊。其实温度跟开了空调差不多，但是现在前门后门都打开，趴在地板上凉风唰唰地吹着我的背毛，天气真好啊。

　　正在失恋的黑背老爸很羡慕我爹，看上去一脸丰富多彩。他想

来想去，下班之后往往不知道干什么，我建议他去看电影，他说没有好片子，再说一个人买团购不划算；我建议他看小说，他刷了刷自己的游戏，天黑了打着哈欠就睡了。

我跟黑背讲："你老爸这样不行的，这么好的天气，窝在沙发和床上无疑是巨大的浪费，足够让人生悲痛。"

黑背也好几天没有出门，摇摇头说："除了吃饭看电影看书，一个人能做的娱乐很有限。"

我花了一个上午，帮黑背老爸做了计划，黑背老爸最喜欢转发《人生必须去的五十个地方》《三十岁之前要完成的二十项目标》，那今天，我就写《秋天必须要做的十五件事》好了。

第一，要去没去过的咖啡馆，沿路买新鲜的莲子、菱角坐在那里慢慢剥。

第二，去玄武湖划船，最好是黄昏去，在湖心把桨放下，仰头看夕阳。

第三，准备好一次性烧烤炉，腌几对鸡翅，最高气温跌破二十五摄氏度的时候用来庆祝。

第四，去商场挑选低调耐穿的皮鞋和俏丽丝巾，中秋节带回家一定比月饼好一些。

第五，去剪头发，要帅但不能太短，冬天毕竟也不是很远。

第六，约朋友吃饭，或者去朋友老家一趟，如果是乡下就最好不过，乡下的草狗十分治愈。

第七，等 IMAX 大片上映，肯定有的，现在电影急不可耐地都想搞 IMAX。嗯，一个人在超级大的屏幕和超级吵的音效面前，都会显得热闹一些。

第八，买几张古典音乐的 CD，我老爹的音响可以借给你，睡不着就想象一下自己要经历波澜起伏的故事。

第九，彻底大扫除一次，不能请钟点工阿姨，阿姨会发现你的秘密，趴在床底下，用抹布好好擦，最好连窗帘也洗一下，阳光这么好这么凉爽，透进来的时候也得是干净的。

第十，去鱼塘钓小毛鱼，买几只螃蟹，请我老爹吃，他一高兴就送你他珍藏的好酒。

第十一，国庆节长假，即使交通瘫痪，也要想办法找个不那么拥挤的地方，必须出去。为什么？一年有几个长假，能出去的机会并不多呀。

第十二，带黑背去郊外放风筝，记得带瓶水，狗子不能喝生水，长寄生虫就麻烦了。

第十三，在细碎却频繁的空闲小时间中，学会 PS。PS 很有用，学好黑背就能上镜了。

第十四，买一身运动衣，大牌的，大牌会打折的，不要怕。在周日穿运动衣，假装很潇洒地插着裤兜在路上走，借机寻找迷路少女，然后指明方向。

第十五，忘记她，忘记她，忘记她，忘记她，忘记她，忘记她，忘记她。

有这么多计划，这么多成就等待完成，这么多寂寞等待被填补，还有什么放不下？蓝天，凉爽，阳光充沛，身体健康，一个人也好忙好忙。

我把计划送给黑背老爸，黑背说，他爸爸哭啦。

不要太感动，有什么放不下？

*　　*　　*

[1] 那个。

只是因为喜欢你

The Journey with You

我们摇尾巴，讨好你，
就算被踩痛了还是高高兴兴，
有时候并不是为了一口吃的。

可卡妈是个女强人，每次见到她不是在冲冲冲就是在怒怒怒。

她没有男朋友，也没有女朋友。有时候邻居聚会聊天，连我老爹号称孤独王子，偶尔都会接到朋友电话，可是可卡妈的手机里面只有同事和领导。

她喝多了说起来，找个男朋友这鬼东西倒是不困难，就在于想不想找，而女性朋友，基本上就遇不到了。毕业后，只有上班才能接触到人，到哪儿去找朋友呢？

我说："可卡妈，为什么同事不能当朋友呢？"

可卡妈摇头说:"你还太年轻,人类女孩很复杂的,你看我的同事小A,今天请这个同事吃饭,明天请那个同事唱K,后天就会爬到大家头上去了。"

说这些的时候可卡妈脸色阴沉,可卡赶紧把我拎到一边,偷偷跟我说:"我妈嘴巴毒,性格直,就看不惯那些讨好老板、讨好同事的人。"

我很疑惑,讨好人是很丢脸的一件事情吗?对我们狗子来说,每天最大的任务就是讨好主人,为了这个目的,哪怕打滚翻肚皮、用耳朵抽自己嘴巴、一个跟斗从七楼滚到一楼……做许多许多蠢事,都可以的。

就像有些人一样,他们会问候每一个人早上好,带零食给大家吃,看到你的水杯倒了,一个箭步就会扶起来。

可卡甩甩耳朵说,她妈管这种行为叫作虚伪。

我想我明白可卡妈找不到朋友的原因了。很多很多可卡妈,觉得自己很直爽,所以看不惯那些会看脸色、小心翼翼的人。但是这些人,明明受的委屈更大。直爽的人可以当面骂,虚伪的人只好在背后说,其实两种伤害都很严重的。虚伪的人也会生气,也会郁闷和伤心,但是他们都咽下来,做出一副笑眯眯的表情,他们明明很讨厌你,还要做出很喜欢你的样子,他们也很不容易呀!

人类不会轻易对彼此好的,没有目的的热情,只不过是目的不明罢了。她妈还说过,连狗对你摇尾巴,都是为了一口吃的,那同事就更别说了!

我看可卡的样子有点伤心,如果我爹这么说,尽管他没有别的意思,我还是会伤心。我们摇尾巴,讨好你,就算被踩痛了还是高高兴兴,有时候并不是为了一口吃的。

我认真想想,就算老爹饿我两天,我也不会不理他的,因为我喜欢他。

所以讨好你,真的可能只是喜欢你而已,想跟你做好朋友,就这么简单。对你好的目的不明确,也许并不是想害你,而是因为喜欢你。一百个虚伪的人里面,肯定有这么一两个的。

我写这个给可卡妈看,她要是赞同我的话,那么她的好朋友,说不定就在身边等着她呢。

每个胖子心里都住着一个瘦子

The Journey
with You

不要紧不要紧,有的人很瘦,
心里却住着一个大胖子。

老爹带我洗澡,表现得对我的健康十分关心,他一会儿问小姑娘我的皮毛够不够光滑,一会儿问什么狗粮天然无添加。我摇着尾巴假装很感动,其实我知道老爹一是想搭讪,二是搭讪不成就把洗澡钱的价值发挥到极致。

没想到这一聊,出了大问题。小姑娘捏着我的肚子,用各种手法探测了半天,严肃地说:"梅茜是不是怀孕了?"我爹当时就结巴了,看着我,一脸胡思乱想。

幸好医生证明我是清白的,她告诉我爹,我吃得太胖,需要减肥。最后医生补充了一句，主人要起到榜样作用。

我跟老爹各自看着自己的大肚子，开始了艰辛的减肥之旅。老爹每天不吃饭，光喝啤酒，而我开始努力啃南瓜。

结果老爹越喝越肥，哭着对我说："梅茜你知道吗？啤酒叫作液体面包，我每天都吃一箱面包啊！咦，梅茜，你的毛怎么越来越黄了？跟南瓜一样黄！"

节食减肥宣告失败，我俩胡吃海塞之后决定还是运动减肥。从清晨走到夜晚，只有见到冷气开放的商场和饭店才休息一下。于是一整天基本都在休息，运动减肥也宣告失败。

坚持不下去的时候，老爹用正能量激励我："你看可卡妈，早年人称小韩红，两个月变成范冰冰，她这么刻薄讨厌的女人都能瘦下来，我们为什么不能？"

于是我偷偷去找到可卡，问她老妈的减肥秘方。可卡在家中吭哧吭哧一找，有赤橙黄绿青蓝紫一大堆药丸。

我惊讶极了："彩虹糖居然能减肥！"

可卡说："不是的，这种减肥药没用，电视都曝光了，你等等我，我再找找看。"

可卡哗啦啦又翻出一堆减肥茶、苦瓜粉，最后拿出一张婚纱照，如释重负："喏，就是它了！"

我看到婚纱照上一个胖妞依偎在刘德华身边，问可卡："这张照片可以帮人减肥？每天要拜几次呢？"

可卡说："这是我妈的婚纱照啊！喂，你信不信我咬你啊！"

后来我才听说了可卡妈的减肥故事。原来她曾经也想结婚的，刘德华对她很好，领证前就拍了婚纱照，说她很漂亮。

然而婚还是没结成。

伤心的可卡妈痛定思痛，拼命减肥，吃药吃到半夜吐泡泡，喝茶喝到上不了班，等体重表终于到达心中的那个数字，却出事了。

体检的时候，医生告诉她，她没办法有自己的宝宝了。

可卡妈又哭又笑，停掉减肥药，却再也胖不起来了。

我快快地回家，告诉老爹，减肥的代价太可怕了，为了一部分脂肪，会损害一整颗心脏呢。

老爹听完若有所思："算了，不减肥也不要紧的，毕竟还会有人看中的不是你的身材，而是你的身家呀。"

老爹，像你这样没身材又没身家，真的不要紧吗？

老爹说："不要紧不要紧，有的人很瘦，心里却住着一个大胖子。有的人看起来很胖，但每次照镜子，都觉得自己非常英俊！走，不要乱讲故事了，我们去吃夜宵！"

允许频频回顾,但也要懂得一往无前

The Journey
with You

重找一个人,
还是要经历热情、争吵、冷淡、僵持到接受。
都说会找到合适的,
但谁能保证下个是合适的?

  纯情少女边牧妈做了一件很丢人的事情,她蹭到我爹旁边,偷瞄我爹的手机,依次下载了陌陌、遇见,甚至滴滴出行。

  边牧还在莫名其妙,就被他妈带到文化街上,站在三十五摄氏度的夜晚,站到他妈手机没电。

  这段时间,边牧妈在不停地刷新,不停地拒绝搭讪消息,最后她锁定了对象,安心回家继续聊。

  我爹听闻如此诡异,就问她:"咦,你难道芳心萌动?那也不用去文化街啊,那儿都是酒鬼。"

边牧妈弱弱地说:"哦,不是,那个谁谁谁周五也会去那里。"

谁谁谁是谁呢?是拉黑边牧妈QQ、微博、微信和人人网等一切社交账号的前男友啊!已经闹到连公用电话打过去都不接的地步了好吗!但是边牧妈思来想去,突然发觉她没有注册过艳遇神器,也许这样的话,谁谁谁就认不出来是她。

边牧妈采选头像的时候,仔细斟酌,最后偷偷用了可卡妈的照片。可卡妈的相册各种白富美,玫红色指数爆炸,当初她问可卡妈借照片的时候,可卡妈指甲油一挥就答应了,到现在才知道原来是这个目的,可卡妈都怒得要起诉她了。

几个邻居就聚到了我家客厅,对边牧妈进行批斗。主要内容是喝啤酒吃火锅,看着《康熙来了》哈哈大笑。

大家笑着笑着边牧妈就哭了,她伪装的身份被识破,因为她忍不住发了一条消息,问:"你的胃炎还好吗?"

那个谁谁谁迅速回:"原来是你,请你不要再骚扰我。"然后再也没有动静,估计艳遇神器也有拉黑功能。

我爹说:"人贱不能自医,你模样不差,性格良好,为什么要吊死在一棵树上?"

边牧妈说:"我跟他已经很长时间,知道彼此的缺陷,我喜欢他连同他的鸡眼,而他忍受我包括我的神经质,我已经在这棵树上搭窝,再找一棵的话,还不是一样?"

重找一个人,还是要经历热情、争吵、冷淡、僵持到接受。都说会找到合适的,但谁能保证下个是合适的?时间一样浪费,不如继续巩固。反正都一样,不是吗?

气氛一时沉默,我们狗子趴在地毯上,也不怎么敢继续吃。我小声问边牧:"你妈是不是很懒?"

边牧回答说:"不会啊,她每天打扫卫生、遛我、工作,十分勤快。"

我又问:"那她为什么不愿意从头开始?一公里跑到最后一圈,发现实在跑不下去,那就换打羽毛球,打不下去,就换游泳。只因为这个操场比较熟悉,离家近,有公交直达,就懒得再换地方,说念旧,说舍不得,是因为懒得。"

我忍无可忍,跳起来高声大喊:"看我们狗子,虽然喜欢频频回顾,但永远是一往无前。"

老爹摸摸下巴,说:"再来一次是很累的,比维持假死累好几倍。尤其是第一步,宁愿被前男友打脸打到肿,也不肯打扮打扮去联谊派对,但是踏出去之后,会发现也没有累死。"

所以边牧妈不要偷懒了,快去广场遛狗,广场好多帅哥。边牧听得都呆了,站起叼着飞盘就往外跑,边牧妈跟在后面跑,跑得不快,但是已经跨出了那一步。

呸,愚蠢的人类,最后还是要靠我们狗子。

快乐的能力生来平等

The Journey
with You

老爹快过生日的时候,拖了块黑板出来,写宾客名单。
我叼抹布在旁边蹲着,他说此人酒量太好,不请,擦掉;
此婆娘已然他嫁,不请,擦掉;
此妹子心有所属,不请;此少男过于英俊,不请;
此人去年空手而来,不请……半小时过去,
黑板上只剩边牧和黑背了。

从清晨就开始下雨,唰唰唰的,是个特别适合睡觉的好天气。老爹一懒之下误了航班,醒来发现邻居们翘班的翘班,请假的请假,都借着下雨的借口来我家做客。

门一打开,黑背老爸、可卡老妈就翻出了我爹的冻顶乌龙和酱猪蹄,吃口肉,喝口茶,美美地在飘窗旁边看雨。边牧妈还算有点良知,提议说:"大家来吹捧一下主人陈末吧。"

可卡妈说:"陈末,听说你最近接触了很多土豪,是我们小区第一个有望进入上流社会的,干杯。"

咕咚把茶喝完。

黑背老爸说:"陈末,平时我觉得你挺游手好闲,什么也不干,怎么还有几百万读者,敬天才。"

咕咚把茶喝完。

边牧妈想了想,发觉我爹没别的可被夸奖,只好说:"你不光是个天才,还很帅。"

老爹亲自给她倒茶。

吃饱喝足,黑背老爸十分惆怅:"为什么有的人轻易就能成功。上学的时候,大家都是在厕所点蜡烛复习,但是有几个人看看漫画,还是进了名校。"

可卡妈也恨恨地说:"还有些女孩,连洗面奶都不用,皮肤就跟剥了壳的鸡蛋似的,凭什么我几万块护肤品用下去还是长痘痘。"

他俩瘫倒在地上,大喊不公平。

边牧妈开导他们,说:"天生的东西是羡慕不来的,比如智商,比如美貌家世。但富二代可能坐吃山空,美人也许命运多舛,天才总是浪费生命,普通人踏踏实实,混个中上就罢了。"

达不到顶峰,那就努力爬得高一点,看得就会多一点吧!气氛一下子阳光又开朗,可卡妈说:"就是就是,年轻的时候天生丽质,但是不护肤的话,到四十岁一定比我更老。"

黑背老爸说:"没错啊,我那天才同学,因为无心学习,现在还在失业玩模型呢。"

我爹刚刚被夸了一通，十分不自在，好像被划分出去一样。他一直试图从话题里拉近距离，但此刻还是奋不顾身地发言："土豪落魄了，人脉关系还在，东山再起分分钟的事情。天才失业了，玩模型也能创造发明，明天就能头条新闻。美人再迟暮，人家毕竟惊艳过时光。你们讲的那些励志故事，一听下来热血沸腾，遇到差距的时候又会绝望了。"

黑背老爸眼睛通红，大喊道："那你还让不让我们普通人活了？"

我爹说："我来给你们讲个故事，很久很久以前，有一对邻居小兄弟，左边那家是少爷，生下来就会背唐诗，右边到十五岁才学会说话，你们猜后来怎么了？"

众人都追问："怎么了怎么了？"

正在啃骨头的狗子们啃嗨了，大喊："在一起在一起。"

我爹说："我也不知道，反正很久很久以前了，估计都死了吧。"

先别嘘，成功优秀啊，碧血留汗青啊，跟无聊平淡啊，寂寂无名啊结局都是一样的，现在让你喝茶吃酱猪蹄，也不比海陆刺身拼盘差啊。比美貌智商财富，为什么不比快乐呢？

快乐的能力是生来平等的。

心打开原来是这样的

The Journey
with You

你把心打开来，检视一遍，
大家都在门口，也不打算进去，
在天亮之前合上，却轻松了许多许多。

有句老话叫作"知人知面不知心"。电视上也有种特异功能叫读心术，好像猜对别人的秘密就会得意扬扬。而实际上，绝大部分的秘密，都在我们这些宠物的耳朵里。

秘密有好有坏，它们都在主人和我们单独相处的时候冒出来，顺着主人搂住我们的胳膊，顺着主人湿漉漉的面颊，悄悄地探头探脑。

作为称职的宠物，可以辱骂主人、宣扬主人的丑事，但一定要记住的是，绝对不能讲主人的秘密。主人们知道宠物得了一种"讲出秘密就会死"的绝症，所以毫无保留地信任我们。

我的老爹以前教过我，开心的意思就是敞开心扉，说人敞开了心扉，就会开心。但是在主人们对宠物敞开心扉的时候，他们通常都比较难过。

那么这样说来，宠物还有一种叫作"知道了秘密也无能为力"的绝症。

我问老爹，人究竟怎样才开心，老爹没有直接回答我，他带着我去了我的小店。

我在南京的上海路开了一间小小的咖啡馆，每天都祈祷不要亏损太多。

开店带来最大的财富是许多神奇的女孩。有成群结队喝完酒醉醺醺的女孩，有独自一人坐在沙发上的女孩。回头客很少，大多数人都是从远方匆匆而来，萍水相逢，再匆匆而去，偶尔寄张明信片给我。

老爹躺在沙发上抽着烟，说："梅茜，咱们这儿不像咖啡馆，倒像一个旅游景点。"

在小店里面，居然也积攒了那么多的秘密，大家知道明日不会再相见，而今天的夜色也慢慢在降临，于是淋漓尽致地把自己的心，全部打开来给陌生人看。

心打开来原来是这样子的，像乱七八糟的画板，是每个人羞怯的习作，因为害怕评价和修改，所以平时都藏起来。而在昏昏暗暗的小店里，谁会那么关心你的天赋呢？大家随着你的故事笑，随着你的故事哭。你把心打开来，检视一遍，大家都在门口，也不打算进去，在天亮之前合上，却轻松了许多许多。

我对老爹说："原来开心的对象，必须是同类才行呀。"

老爹说："不止，像这样没有伤害，没有评价，不会冒冒失失闯进来的客人，才是开心的对象。日常中的我们，身边都是评论家、人生导师、段子收集大王，要对他们敞开心扉，那可不容易。"

人的心都是非常害羞的，连同情都会让心哭起来，想要对方开心的话，就别声张，沉默地陪伴，吃一碗奶油意面，喝一杯樱桃啤酒，就对啦。

只有沉默属于你自己

The Journey
with You

爱与不爱,和现实比起来,毫无意义。

狗子和狗子相遇,要么互相乱叫,要么狗毛横飞,很少会有沉默的时候。唯有两种情况:一是狭路相逢,双方竖起尾巴,战斗到筋疲力尽,只能趴着挺尸;二是相识已久,就像我和小区的另一条狗子可卡,你枕在我的屁股,我埋在你的肚子,很厉害的姐妹淘。

人类情侣的沉默也只有两种情况:一是无话可说。这头女孩边流泪边乞求:"你说话啊,说一句啊,你不说我怎么知道?"另外一头只是扭过脸,沉默,沉默。二是无须多言。我爹有一对朋友,恋爱长跑八年,两个人曾经七天不需要说话,眼神和鼻孔就能表达意思：嘴角一抬，定是有好事发生；手指微动，想必是要出去走走。最厉害的是，这对情侣的男方想要喝腊八粥，居然嗯了一声，女生就已经把花生莲子红豆呼噜噜放进锅里。

语言在神一般的情侣面前灰飞烟灭。但是结局是，前面的那种必然分手，后面那种也免不了分手。我问老爹，既然双方已经默契到了汗毛的地步，为什么还会分手。老爹说有些人了解彼此就像彼此肚里的蛔虫，但蛔虫终究是会被宝塔糖打下来的。

虽然我深爱你，爱到连情话都不用说，可是我的情话，又能说给谁听呢？

不过，把狗子和人类小情侣类比未必恰当，因为人类情侣沉默的状况往往十分迷离。

黑背老爸常年单身。但在我们搬进来之前，他貌似还是有女朋友的。那时候的黑背老爸忙得一副成功人士的派头，除了遛狗的时候打个招呼，从来不参与邻居的活动。我爹跟黑背老爸好起来是半年后，黑背老爸突然闲得就像无业游民，深夜两点还会敲门借碟片，什么《蓝色生死恋》《我脑中的橡皮擦》等，一看就是一宿，边看边喝啤酒边咳嗽。

我老爹心想这不是办法，又不是盈利场所，黑背老爸到底发生了什么事？看他咳得眼泪直流，莫非有什么不能告诉别人的隐疾？

我爹问："为什么之前你那么忙？"

黑背老爸说："因为我女朋友。我女朋友要逛街，要看电影喝咖啡去海边旅游,于是我赶去单位赶去遛狗,只为了赶得上陪在她身边。"

我爹问:"为什么你现在这么闲?"

黑背老爸说:"因为我女朋友。可是她妈妈看不上我,逼着我女朋友去相亲。看,我能陪在她身边,从星辰隐没到地平线发亮,但是我没办法陪着她和其他人恋爱。"

我爹说:"那你喊她不要去。"

黑背老爸没有喊,他选择了沉默。他的意思是,如果非要我开口求你别去,那还有什么意义。你爱我自然不会去,你去了就是不爱我,说话就像绕口令,爱与不爱,和现实比起来,毫无意义。

老爹长长地叹了一口气,黑背老爸缩在沙发上,裹着桌布睡得一抖一抖。老爹也陷入了沉默。

所以人类情侣的沉默还有第三种,就是察觉了,爱与不爱,和现实比起来,毫无意义。

只有沉默是属于你自己的。

不难过,沉默才能找到你自己。

我是认真的

The Journey
with You

你可以对感情不认真,
对工作不认真,
但是时间对你,
很认真的。

老爹跌跌撞撞回家,一看又喝多了。他快过生日,这么多年的朋友们,有的互相不能见,见了就打架,有的还是不能见,见了就抱着哭。于是只好分开来一场接一场,生日一过就是半个月。

老爹喝多了,睡觉总是不踏实,一抽一抽的,还会突然惊醒,我就守在他床边,他一醒就舔舔他的手。他迷迷糊糊地对我说:"梅茜啊,认真不是个好事情。你看老那谁,小那谁,唉。"

讲得不清不楚,翻身又睡着了。老爹的朋友我基本上都认识,但是因为我出现才四年时间,很多故事还不了解。老爹去喝酒的时候从来不会带着我，说感性的场合再加上一条狗，就会一塌糊涂。

我想那天可能不小心上一轮的朋友没走，碰到了下一轮的旧情人，尽管老爹和他的朋友们头发都白了，腰身都肥了，甚至有的都得糖尿病了，他们对旧情人还是很认真的。

老爹曾经说过，年轻的时候对什么事都认真。他遇到人家跟他表白，吓得闭门不出，三天内想了无数拒绝理由，最后准备开门讲："好的，让我们有段美好的开始吧！"结果人家说："我是开玩笑的。"

然后又遇到人表白，老爹战战兢兢问："你是开玩笑的吗？"对方说："不，我是认真的。"老爹又是三天闭门不出，写了五十张 A4 纸来表达他的喜悦，还没交出去，对方说："哈哈，你还当真啊？"

当然不光是表白，请客吃饭啦，邀请一起去旅游啦，打电话说开创事业啦，翻来覆去太多次认真被调侃之后，老爹不是不郁闷的。

偏偏他身边的朋友，同样的遭遇也很多，大家边喝酒边互骂，说认真不就是傻吗？

你看，好好上班，灌开水，拿报纸，呵护绿植，走的时候关灯拔掉电脑插头，都这么认真了，岗位还是被老板小舅子的同学给顶了。

还有啊，对女朋友好，送西瓜送早餐，请假到她单位等她下班，被蚊子叮两个小时，这么认真了，女朋友还是嫁给相亲对象了。

甚至呢，比认真还认真了，把全部都给出去了，给向往的生活，就算这样，生活还不是想要的样子啊。

老爹说:"认真不是个好事情,这意味着你在意付出。就像不记账的话,随便也就过了,一旦开始记账,会发现卫生纸、鸡蛋这些东西真的太贵了。这还意味着你还在意回报,记账记成这样,如果还不能省下钱,还闹得心情不好,不如不记算了。很多人就这样放弃了认真。年轻人才认真呢,年轻人就是傻。"

也许我还年轻,我现在觉得认真是好事情,就算没办法改变结果,想起来的时候,也不会觉得可惜。不是所有事情,用不认真或逃避就可以的。你可以对感情不认真,对工作不认真,但是时间对你,很认真的。

老爹呀,我还能陪你好多年,多年后你喝完酒,我希望你还是嘟嘟囔囔地说:"认真不是好事情,梅茜,我真傻,早知道不如糊弄一下算了。"

嗯,但是你不会后悔的,对吗?

让熔岩冰冻的唯一方式

The Journey
with You

山峰垮落变成海洋，海洋干涸成为良田。
良田枯裂变成沙漠，而沙漠失去绿洲。
在至荒芜的心里，要怎样开出花来？

老爹跟我说过，有一种人就像小狗一样，好像是正能量永动机。他们无论是丢钱包、丢工作，还是丢人，顶多隔一天，就笑嘻嘻地又抛头露面了。

他有时候挺羡慕，也怀疑这些人是不是背后偷偷号啕大哭，其实内心十分阴暗。

他跟我说："梅茜啊，黑格尔啦弗洛伊德啦星巴克啦都说过，压抑到一定地步就会爆发，我们一起等着吧，真的有这一天，一定会很可怕的。"

我觉得老爹的内心才阴暗得可怕。为什么每个人都非得一样才行呢？有人天生就不快乐，压抑一辈子也没办法高兴起来，而另一些人就是十分快活，如果说狗子是容易满足的温泉，那这些人就像无比巨大的火山。他们心中有整个地球的熔岩在涌动，无穷无尽的满满都是热量。

我跟老爹说："你身边就有这样的火山朋友呀。"

老爹和他认识那么多年，见每一面都哈哈大笑，火山朋友就算哭，也是号啕大哭，哭完就忘记了全部。

老爹说："是哦，哈哈哈。这位朋友就是这么神奇，想到他的名字就会觉得快乐。"

但是很不幸，就在前几天，我和老爹亲眼见到了这样一幕：这座比黄石公园更伟大的火山，慢慢地又迅速地熄灭了。

因为他爱上了比冰川更冷淡的女孩。快乐的人总是天真的，如果一次被伤害，那后面的千百次也不会更痛楚，如果对方不爱他，只要还活着就有希望。

如果你嫌我太热情，我就试着稍微远一点。如果你嫌我话太多，我就试着去沉默。

这样的冷战持续了多少次没办法去统计，旁观的老爹一开始说不行的不行的，但到后面也开始相信并且祝福。

老爹跟我说："梅茜，这家伙太厉害了，在他身上体现了许多成语，比如说，愚公移山、精卫填海、水滴石穿、铁树开花等。你看这些成语，结局都是成功了，这家伙一定也可以。因为他是神话啊。他厉害到都答应去参加那女孩的婚礼呢，梅茜你说，他是不是很棒？"

我说："是啊老爹，他棒死了。"

在敬酒碰杯的一瞬间，会场的声音都冻结，所有热情都在努力挤出来，想挤到嘴角变成微笑，可是不小心，跌落在眼眶，冰冰凉的。

火山朋友就这样熄灭了。冷战让熔岩裹上厚厚的壳，最后离开击碎一切。

我问老爹："那以后见到他，会不会笑不出来？"

老爹说："哈哈哈，一时半会儿见不到他了。"

山峰垮落变成海洋，海洋干涸成为良田。良田枯裂变成沙漠，而沙漠失去绿洲。在至荒芜的心里，要怎样开出花来？梅茜，你知道吗？

对不起老爹，我不知道。但我们还可以去沙漠探探险，对吗老爹？

可卡："（教训萨摩耶三兄弟中）整天打麻将，去谈谈恋爱不好吗，你们懂恋爱吗？"

萨摩A："早早听牌，可能抓完都要不到。想要的牌来了，可能已经改听了。"

萨摩B："没人给你牌的时候，你就只好自摸。有人给你牌的时候，你就可以推倒。"

萨摩C："屁胡虽小，好过没有。"

萨摩ABC："（异口同声状）这就是爱情。"

The Journey with You

第 6 话
让我留在你身边

The Journey with You

几栋楼,三条路,一个家,这个简单的地方,就是我的全世界。
我喜欢全世界,我喜欢老爹。
我喜欢梅茜和老爹在一起的每分钟。
他说要带我去走遍他的全世界,我一直觉得那应该很大吧,
但是我有信心跑完。

假如，假如我们永远停留在刚认识的时候，
就这样反复地晒着太阳，
在窗台挤成一排看楼下人来人往。
我不介意每天你都问一次：
"小金毛啊，起个什么名字好呢？"

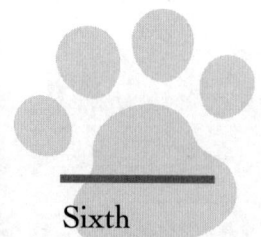

Sixth

他们说，金毛一生只认一个主人，所以我只有一个老爹。

有一个月寄宿荷花姐家，我天天趴在院子栅栏张望。

突然看到风尘仆仆的男人，呆呆地站在路边看我。我发疯一样扑出去，他摸摸我的头，我安静地跟在他脚边。在长椅坐到后半夜，我醒来身边全是烟头。

他说："没事，回家。别人让世界变天，怎样，我们自己回家。"

The Journey with You

而你路过之后，全世界都不会再有

The Journey
with You

他们说，金毛一生只认一个主人，
所以我只有一个老爹。

3月份发生了许多事情，虽然我基本上只是在家里待着，但电视里的新闻滚动播出，窗外的人们匆匆忙忙，不知道为什么有几分烦躁。

老爹3月份很忙，到了4月初也没停下来，基本上我见到他都在凌晨。

昨天晚上很意外，天还没亮，他打开门回家。

我已经习惯跟随老爹的作息。比如，他忙着码字，我就在沙发底下给他垫脚。他忙着开会，我学会了自己吃饭睡觉。他有时候一出门好几天，我就叼好绳子，等着对面邻居家的姐姐来接。

所以他突然回到家，我完全没有准备，啃坏的卷纸和咬碎的骨头还没有藏好。

老爹呆呆坐了很久，突然对我说："梅茜，跟着我是不是很累？"

我是认真地摇头。

我不累。作为一条狗子，要永远有往下看的自觉。在隔壁的隔壁，有一只叫肉肉的小狗比我更辛苦。他的主人是一位离异老人，脾气和腿脚都不好，儿女来得也不勤快。肉肉在漫长的陪伴时光中，学会了取报纸，自己跟自己玩球，叼着零钱去门口超市买火腿肠。

这狗东西，居然进化了。每次老人在散步的时候炫耀："看我们家肉肉多聪明。"

肉肉摇摇尾巴，眼神很安静。

每条狗子一旦选择和人长期陪伴，就做好了要改变自己的准备。

因为主人就是主人，他们顶多给宠物多点耐心，能够抽出时间陪着玩耍就算是我们的荣幸。我们吃人类的，用人类的，睡觉也希望他们提供一个避风避雨的地方。

那么改变自己，就是适应生存。

老爹问我累不累，他是把我当成一个人了吧。

而人和人的相处，考虑的就不止那么多。忙起来会忽略对方，累起来会忘记对方。开会开到话都不能说，会忘记发个消息给对方。

如果肉肉只会撒娇翻肚子，捣乱发脾气，老人可以对他说："我要你有什么用？"可你没有办法对另一个人说："要你有什么用？"

能为对方做的最有用的事情是唯一的，就是两个人在一起的时候，在一些瞬间，对方会变成世界上最快乐的人。

如果没有这些瞬间，对方会变成世界上最悲伤的人。

我记得在一个路灯都坏掉的夜晚，老爹顾不上我，而我默默跟在他屁股后面。我们走了很远，走到河边，在那么深的夜里，号啕大哭。没有声音，眼泪掉在河水里。

极端的快乐和悲伤，只因为你一个人而存在。而你路过之后，全世界都不会再有。

那么累不累，和全世界都不会再有的悲伤快乐比起来，究竟要选哪个呢？

在老爹看着我，问我问题的那一瞬间，我也成为全世界最快乐的狗子。为了这一瞬间，我愿意安安静静住在这个家里面。

我不累，让我留在你身边。

别人不想要的东西，偏偏是自己的珍宝

The Journey
with You

这个世界到处是画的心。
有的是一所房子，有的是一句承诺，
有的是一次花开，有的是一把雨伞，
有的是一首歌曲，有的是一顿晚餐，有的是一条短信。

又有一天走了两个小时，一人一狗浑身灰尘。

我说："老爹，我爪子要磨平了。"

老爹冷静地说："梅茜，我的拖鞋很久以前已经掉了。"

一条泰迪连蹦带跳跑过来，跟我说："你叫什么名字，怎么从来没有见过你？"

我说："我叫梅茜，你呢？"

他说："我叫滚滚滚。"

我喜出望外，说："我们小区有条小狗，叫滚球球，你们是兄

弟吗?"

他说:"不知道啊,他跟我一样,也姓滚吗?"

我说:"滚这个姓很少见呀。"

他说:"是啊,因为爸爸妈妈每次看到我,都说,滚滚滚,于是我就给自己起名字叫滚滚滚。"

我说:"爸爸妈妈带你出来散步吗?"

滚滚滚说:"爸爸搬家了。"

我说:"妈妈呢?"

滚滚滚说:"妈妈哭了好几天,不见了。"

我大惊失色:"你没有报警?"

滚滚滚说:"我不会打电话。"

我说:"那我帮你打。"

滚滚滚呆了一会儿,说:"没有关系,因为我有其他的任务要做。等我任务完成了,他们就会来带我走。"

滚滚滚带我们到公寓楼下,一个小小的角落,那里贴着地面,用粉笔画着一颗心。

他说:"爸爸妈妈以前在这里画的,只要这颗心一直在,我们就一直在一起。"

我说:"那下雨了,会被淋湿的。"

滚滚滚骄傲地直立起来,前爪扒在心上面,头紧紧抵着墙壁,说:"梅茜你看,这样雨就淋不到了啊。"

滚滚滚的毛都打成结了。我从没见过一条泰迪，年纪轻轻就要变秃子了呢。老爹蹲下来摸摸滚滚滚的脑袋，轻声说："滚滚滚真了不起，还会直立，我们家梅茜就不会。"

我本来想反驳什么，突然发现老爹眼角亮晶晶的，就没敢出声，怕他翻脸。

老爹说："滚滚滚，要不要和我们一块儿走呢？梅茜有好多肉丸子，可以分给你的。"

滚滚滚眼睛一亮，说："肉丸子啊，以前我也经常吃呢。"

我说："那我们回家啦，我分给你。"

滚滚滚眼睛又暗下去，说："我要等爸爸妈妈。"

我说："他们要是不来了呢？"

滚滚滚生气了，背对我们坐着，看着墙角说："那我守着这颗心，只要它不消失，爸爸妈妈就会来的。"

那颗用粉笔画的心，有些地方早就不见了，线条断断续续的，像是好多好多缺口。

它比小小的滚滚滚还要小。

滚滚滚哭了。

他说："我真没用，我是小狗，所以没有让它一直是完整的。梅茜，你相信吗？我会长大的，变得和你一样大，然后一滴雨也淋不到它。"

他这么说，应该下过很多次雨了吧。

他是扭过头哭的,我想是因为害怕眼泪流到墙壁上,弄脏了那颗心。

我刚想劝他,老爹拉拉我去旁边便利店,说要买好多火腿肠。便利店的姐姐说:"是不是买给滚滚滚的?"老爹点点头,姐姐说,"没关系,我会看着他的。"

老爹留了五百块,说:"谢谢你。"

姐姐看着老爹说:"也谢谢你。"

我们离开的时候,滚滚滚还背对这个世界,面对墙角用粉笔画的小小的心,一动不动。

起风了,塑料袋吹到空中。

几片叶子吹到滚滚滚旁边,他叼过去,枕在上面睡着了。

我突然哗啦啦地哭了。

老爹问:"梅茜,你哭什么?"

我说:"老爹,我很小的时候,是不是也住在这里?"

老爹不说话。

他不说话,我也知道。

趁他不注意,我向高高的三楼望了一眼。恍恍惚惚,好像看见一条小金毛探出头,两个人站在她身后,吓唬她说:"梅茜梅茜,你耳朵那么大,会不会飞呢?"

这个世界到处是画的心。

有的是一所房子,有的是一句承诺,有的是一次花开,有的是一把雨伞，有的是一首歌曲，有的是一顿晚餐，有的是一条短信。

可是画的人不知道去了哪里，剩下滚滚滚苦苦守护。

自己守护的东西，偏偏别人不想要。

别人不想要的东西，偏偏是自己的珍宝。

在夏天拯救世界

The Journey
with You

如果我死了,想到陪在老爹身边的不是我,我会非常难过。
他吹口哨的时候,屁颠屁颠跑过去的不是我了。
他做饭的时候,傻傻坐在边上干等的不是我了。
他躺在长椅上晒太阳的时候,表演捉蝴蝶的不是我了。

1

我们集体到黑背家玩,他住在楼顶。一到露台,就发现黑背和边牧的狗头躲在飞盘后面接吻!周围一圈狗疯狂地喊加油!

后来才知道,边牧带了礼物。他把飞盘在冰箱里冻了一夜,小心地叼到黑背家,请他舔了降温。结果两条狗的舌头都冰在飞盘上,拿不下来了。

边牧和黑背眼珠子瞪出眼眶,玩命地拔,像拔河一样,舌头拔出来一尺多长！泰迪喊"加油"！萨摩喊"拼了"！可卡喊"用劲"！

牛头㹴婆婆站在旁边看了一会儿，抓把狗粮一抛，仔细看看撒下来的形状，说："离卦属火，应是无碍。等等，怎么还有巽卦？！不妙，大家住手，有狗会遭遇血光之灾！"

话音未落，太阳晒得冰化了，飞盘一下射出去，打在婆婆头上。咚！婆婆应声而倒。

飞盘弹得一米多高，掉到楼下去了。

2

我们往下看，发现飞盘掉到一楼院子里。边牧呆呆地看着飞盘，摇摇头说："算了，不要了。"

黑背一下眼眶就红了，说："不行，你只有一个飞盘，找不回来就再也没有了。"

于是我们商量了一会儿，黑背站在露台边上，他叼着萨摩A的尾巴，萨摩A叼着萨摩B的尾巴，萨摩B叼着萨摩C的尾巴，萨摩C叼着我的尾巴，我叼着牛头㹴婆婆的尾巴，牛头㹴婆婆叼着可卡的尾巴，可卡叼着泰迪的尾巴。就这样，从楼顶一直挂下去，就靠泰迪去叼院子里的飞盘了。

一长条狗子贴着楼房挂下去。我感觉自己倒挂着，脑子充血，整个小区都反转过来。几栋楼，三条路，一个家，这个简单的地方，就是我的全世界。

萨摩 B 贴着四楼的窗玻璃，里面正好一桌人在打麻将，有人丢张二饼，萨摩 B 大喊一声："胡啊！"

然后从萨摩 C 开始全掉下去了。

黑背喊："靠幺！"

于是萨摩 A 和萨摩 B 也掉下去了。

我大叫一声："大家想办法各自飞起来啊！"

有的狗疯狂摇尾巴，企图当作螺旋桨起飞，失败；有的狗拼命对下面吹气，企图当作火箭推动器，失败；萨摩 C 大叫："萨摩 B 你个棒槌，屁胡也胡！"

3

从三楼掉下去，不死也会半狗瘫痪。

掉下去的那一秒钟，我想起了自己并不漫长的狗生。

4

如果我死了，老爹会孤单得不得了。

他可以再养一条狗。

我会躲在楼道门口，每天偷偷教那条狗子，要早点长大，别乱咬东西，别随地小便，老爹没有时间收拾的。

一个孤单的中年男人，我们做狗的，不能欺负他。

如果我死了，想到陪在老爹身边的不是我，我会非常难过。

他吹口哨的时候，屁颠屁颠跑过去的不是我了。

他做饭的时候，傻傻坐在边上干等的不是我了。

他躺在长椅上晒太阳的时候，表演捉蝴蝶的不是我了。

只有家里的照片上，应该还是我吧。

几栋楼，三条路，一个家，这个简单的地方，就是我的全世界。

我喜欢全世界，我喜欢老爹。

我喜欢梅茜和老爹在一起的每分钟。

他说要带我去走遍他的全世界，我一直觉得那应该很大吧，但是我有信心跑完。

好像来不及了。

5

天上有一朵白云。

我飞快地远离那朵白云。

它像记忆中一辆白色的车，载着我熟悉的气味，留个背影给我和老爹。

我不能只留个背影给老爹，所以我要努力地笑。

一颗小水珠飞离眼眶。

原来有时候，我哭得比黑背还快。

6

后来呢?

老爹被评为本周小区之星,因为他接住了六条狗。

大夏天的,老爹穿了件西装,在广场接受小区居民的表彰。

他的奖品是一个飞盘。

于是他送给了边牧。

边牧叼着两个飞盘,傻坐着,一时想不明白应该怎么同时玩两个飞盘。

黑背在一边哭得背过气去了。

7

"梅茜,假如有一天你真的会飞了,你想飞到哪里去?"

"我想飞到肉联厂,叼一百吨肉丸子回来。"

"咱家有的是肉丸子,我们换个事干行吗?"

"那就叼妹子吧。"

"真是一条好狗啊,除了说话直了点。"

夏天真热,但天也真蓝,树也真绿,阳光真好,全世界真明亮。

最终话

梅茜的东海之战

The Journey
with You

让我等,我就不离开。

从你的全世界路过,那么,让我留在你身边。

1

我是金毛狗子梅茜。

在城市里，人们经常会觉得地方真小啊。你看，几年不见的同学，突然在早点摊偶遇，说不定买的还是同一个小区的房子。人们也经常会觉得空间巨大，失去联系的人明明就隔了两条街，却再也没有碰到。

世界那么大，让我遇见你。时间那么长，从未再见你。

我们狗子呢，连一个家都会觉得漫无边际。老爹的衣橱很大，钻了几十遍还是猜不透里面的秘密。沙发很大，丢掉的骨头和小球怎么都扒拉不出来。电视很大，藏着一整片蓝天，还有草原冰山和数不清的人群。

南京十三个城门，几百路公交，无数梧桐树，大得更加没边了。

老爹常常说，即使在自己最熟悉的地方，也肯定有从未见过的角落，所以在我们狗子眼里，全世界都埋藏着无数宝藏。

就拿我们小区来说，关于宝藏的传说已经在狗子中流传了好几代。最有威望的狗子离开之际,都会对亲密的狗后辈透露一些秘密。

我的小姐妹可卡,曾经帮助一条眉毛全白的西施犬咬烂过牛板筋,于是继承了一个宝藏的秘密。西施犬去世前,慷慨地召唤了她。

据可卡说,那是个阳光明媚的午后,西施犬在全家老小的哭声中微微合着眼。

可卡如约来到窗边。

西施趁亲人们不注意,朝西边点了点头。

可卡想问仔细点,把爪子贴到窗沿,耳朵紧紧贴住玻璃。

可卡听见西施的妈妈在哭,西施的妈妈说:"宝宝,如果你下辈子还是一条小狗,请一定要记住到我们家门口来。不管你到时候多丑,你只要叫一声,我都会认出你来。"

西施轻轻呜了一声。

西施妈妈抱住狗子脑袋,眼泪落下来。西施努力伸出舌头,想舔一舔妈妈的手,没有成功,灵魂离开了这个小区。

这是年轻的可卡第一次面对死亡。她觉得一点都不可怕,西施的灵魂像个透明的泡泡,迎着阳光五颜六色的,往上飘去。

当可卡跟我们讲完这个故事,所有狗子都陷入了沉思。

我第一个问她:"牛板筋好不好吃?"

黑背问她:"我怎么没有看到过泡泡?"

边牧在一边哭得稀里哗啦,说真羡慕西施,生得安稳,死得平静。

只有萨摩耶三兄弟抓住了重点,因为宝藏代代相传的故事每条狗都知道,于是他们偷偷往外面撤,然而被泰迪军团在门口堵住。他们的领袖泰迪大王斜着眼睛,准备逼问,发现萨摩耶三兄弟太高,斜眼变成了翻白眼。

于是泰迪大王就翻着白眼问:"你们要去哪里?"

萨摩 A 说:"东边。"

萨摩 B 说:"南边。"

萨摩 C 说:"北边。"

泰迪小弟非常了解萨摩耶三兄弟的思维,立刻激动地蹦起来:"报告大王,他们要去西边挖宝藏。"

萨摩耶三兄弟大惊:"你们怎么猜到的!"

黑背跳过来:"就你们鸡贼,上次世界杯赌球你们押了毛里求斯队,结果没有这个队,还欠我三块骨头呢,马上过年了快点还给我。"

一群狗子玩命算账,场面比较混乱。

可卡叹口气,小声跟我说:"梅茜,你是文化狗,知不知道西边是什么意思?"

我假装想了想,努力给她一个渊博的回答,说:"西边有美国,唐和尚去取过经的,西边的人都在吭哧吭哧炸鸡。太阳往哪边掉下去,哪边就是西边。"

可卡说:"西边这么大,找起来恐怕很花时间。"

我说:"这样,这样我们分头回去准备一下。"

十来条狗子又扑过来,问:"什么准备一下,准备一下什么?"

我大喊:"一群没有秩序的狗!怎么不学学人家猫!"

后来想想,猫也没有秩序。

2

我到家的时候,老爹正在收拾行李。

记得很久以前,老爹出门只带一个塑料袋,里面只有几包烟和一支笔。

后来他有了背包,背包又换成箱子。箱子的银色外壳磨得灰扑扑,在擦痕上贴着层层标签。

老爹跟我说:"箱子要足够硬,里面的东西才不会被伤害。"

我跟老爹说:"我要做一次冒险,可能很远,可能很长时间,可能回不来了。"

老爹默默点了支烟,说:"你哪儿来这么多钱?"

我哇哇大哭:"那你为什么要走,你不也是个穷鬼吗?"

老爹坐在地板上摸我的毛。

他说:"梅茜,我要出门工作几天,不会太远,肯定会回来,如果我回不来,也一定会把你接过去,所以不要哭了。"

我眼泪汪汪跟老爹说:"那你能不能给我一点干粮,我也有自己的生活要经营的。"

老爹拿出真空包装的肉丸和干粮,对我谆谆叮嘱:"虽然那个姐姐收了我的钱,会每天照顾你,但你自己玩得高兴一点。梅茜你要享受自由,想去哪儿就去哪儿,只要不出这个小区。"

老爹摸摸我的脑袋站起来,说:"梅茜再见。"

我低头说:"老爹再见。"

我偷偷摸摸跟在后头,钻过带着露珠的草叶子,不让老爹发现。然后看见在清晨的风里,老爹在打车。

空车过去很多辆,他没有举手,过了好长时间,他终于抬起了手。

一个人打车的时候,要那么艰难才举起手,谁也不会知道他在想什么。

老爹抬起手,车子停在他身边。

老爹再见。

我蹲在路口,有点同情自己,忍不住想继续哭。

我还没哭出来呢,黑背哭天抢地滚了过来。

黑背说:"梅茜哇,我老爸又找不到了哇。"

黑背老爸最近有点古怪,他自从到证券公司上班,就成天见不到人。有一次他跟黑背说,他接到一个叫作加班的艰巨任务,发生什么都不要奇怪。

从此黑背就得上焦虑症,见不到他老爸的话,他就会想象他老爸趴在办公桌一睡不醒的样子。

为了研究猝死的原因,他开始阅读保健专栏,很难想象一条狗对着报纸念念有词的样子吧?其实他不识字,念的都是"横横竖撇点竖",碰到笔画捺就读成"反过来撇"。

这样持续半小时,他也感觉知识面没有得到扩展,于是改成看后半夜电视里的主任医师的广告。黑背后半夜盯着电视机看广告,一个专家卖完了药,就换台看另一个专家卖药。

我记得黑背曾经告诉我,王主任、刘老师相对靠谱,因为他们头发都掉光了,从外貌判断的话十分厉害。

黑背这次告诉我,他老爸晚上没回来,他可能要去他办公室找他,反正好像是2路转3路再转好几十路。

黑背谨慎地想了下,又说他老爸公司楼下有个地标,专门卖生煎包,好几个加班的晚上他老爸都会买包子回来分他一个。

黑背说:"梅茜你不要怪我不分给你吃,我老爸很穷的,分给你的话,他就没有了。"

我还没来得及说可以分你自己那个啊,黑背又噼里啪啦掉眼泪,哭得直率勇敢:"老爸怎么这么可怜的,辛苦加班只有包子吃……"

他抱头痛哭,浑然忘我。我一抬头,闻到了花卷上葱油的香味,黑背老爸摇摇晃晃地走过来,拎着一袋吃的在黑背面前晃荡。

黑背老爸说:"我加班太晚没有车了,到现在才回家,你饿不饿?"

黑背边吃边说:"老爸我不饿,你先去睡一下。对了,我要去参加一次冒险。"

黑背老爸整个人走路都是飘着的,看起来困得不行,估计今天没有机会管黑背了。

我跟黑背跑到草坪上,昨天说好集合的队员只来了一半。

可卡皱皱眉头:"我妈说过,迟到是最无耻的习惯,迟到一次就再也不要见面了。"

我没好意思跟她说,你妈一直骗你呢。

可卡老妈自己倒是极其守时的,定好见面就会提前半个钟头在那儿怒等,雨天撑雨伞晴天撑阳伞,像一个坚定的香菇。

有一次她第二天要见朋友,约好早上十点钟碰头。偏偏当天她开会到老晚,小区还停电。因为害怕闹铃叫不起来,可卡妈特别着急,找根针扎大腿不让自己睡。第二天朋友见到可卡妈吓了一跳,她眼圈乌黑,大腿密密麻麻一片血点。

这个朋友自己迟到了四十五分钟,见面只有一句抱歉,说车不好停。

可卡妈笑眯眯说:"是呀是呀,最近新街口停车费都涨到二十块了,辛苦辛苦。"

可卡妈并没有不再见这个朋友,反而每天盯着手机,害怕错过他的邀约。

老爹在南京的某一晚，可卡妈跑过来找酒喝。

老爹听到这个消息无比积极，兴致勃勃地提问："你婚期什么时候？确切一点，否则万一到时我在南京，岂不是红包也逃不掉！"

可卡妈转转朋友送给她的小戒指，再转转杯中的白葡萄酒。

她说不知道，连底线都可以失去的时候，很多事情就不知道怎么办了。

你为了一个人什么都舍得，那就说明对这个人有多么不舍得。

可卡压根不知道这些，我也不会告诉她，怕她脑袋会爆炸。

3

可卡点兵点将，泰迪军团只来了泰迪大王和一个小弟，极度丢人现眼。边牧跌跌撞撞也在最后一秒赶到，他跟他老妈好说歹说，才抽空溜了出来。

萨摩 ABC 留下一根骨头，刻着留言：

俺们探路去。P.S. 先到先得。

就在我们集合准备出发的时候，萨摩 ABC 屁滚尿流跑了回来。

萨摩 A："西边太危险了。"

萨摩 B："好绝望！好惊慌！"

萨摩 A 和萨摩 B 抱头痛哭，我们问萨摩 C："你们碰到什么了？"

萨摩 C 一回忆，毛都吓绿了："没看清。"

等他们吞完一个罐头冷静下来,我们才知道,往西的尽头是小区游泳池。

这个游泳池当初按照比赛标准建造,开放没两天,发现变成了公共澡堂子。物业一气之下没有换水,任由原来的水被蒸发,再由别的河水湖水填满。

前年游泳池生态突然繁荣,长出了水藻和荷叶,我等了一个夏天,荷花骨朵也没有冒出来。再往西的话,游泳池前方是迷魂林,方圆足足二十米。迷魂林前面就是小区边缘,我们谁也没有去过。

萨摩耶三兄弟就是在游泳池前停止了征程。

黑背大叫:"游泳池有什么好怕的,我夏天一个猛子扎下去,池底全是鱼骨头。哈哈哈哈,有一个特别大的鱼骨头,跟梅茜差不多大。"

大家一下子把目光集中到他身上,萨摩 A 颤颤巍巍地说:"黑背,你有没有想过,这么大的鱼,是谁吃掉的?"

一片沉默中,牛头狸婆婆缓缓道:"西边,沉龙之渊,下下卦象,十二水逆,血光大凶。"

等等,牛头狸婆婆是什么时候过来的?

她抓了一大把狗粮,抛到空中,接着用爪子拨了拨,道:"要破此局,医生武士参谋将军兵卒,还差一个。"

可卡小心地问:"哪个?"

牛头狸婆婆的小眼睛精光暴涨:"差一位勇者!"

黑背大叫："差一位勇者就可以结成联盟，为了德玛西亚！"

可卡甩了他一尾巴，又问："那我们到哪里去找这位勇者呢？"

牛头㹴婆婆又抓起一把狗粮细细磨碎，一口吸到肚子里，然后呛住了："咳咳，咳咳，我一天只能算三卦，刚刚全部用掉了。"

我算了算，不相信："刚刚你只算了两个。"

牛头㹴婆婆："咳咳咳，早上我算了下罐头是什么口味的。"

边牧问："算成功了吗？"

牛头㹴婆婆骄傲地挺了挺胸膛："牛肉罐头，算对了百分之五十。"

大家纷纷叹服："居然算对了罐头两个字，真是小区第一预言家。"

其实我们都知道，牛头㹴婆婆之所以没有成立拜牛头㹴教，是因为小区里有个法力更厉害的人物，或者说动物。

4

提起河豚大仙的威名，小区狗子都会记得那个暴风骤雨的晚上。

那个晚上，整个小区的灯光忽明忽灭，银树杈一样的闪电从云层直接劈到地心。

主人和狗子相依相偎，看窗户玻璃被雨水洗刷得模糊一片。

就在雷声稍微停止，我们都开始打瞌睡的时候，从中心喷泉传出巨大的落水声。按照声响判断，可能是八楼夫妻丢下的钢琴或者书桌。

这里再岔开讲下八楼夫妻,不讲我的心有点痒痒。

八楼夫妻和小区路灯长椅一样,一进小区大门就让人觉得熟悉,产生终于回到家的感觉。

他们吵架一定要开窗,一个是美声歌唱家,一个是体院教练,风格迥然不同,但是威力同样巨大。当吵架僵持到一定地步的时候,他们就开始动手。歌唱家穿着裙子,擅长远距离投掷,常常打得教练近不了身。

我们猜,按照教练的体格,应该能挺过老婆的暗器,直逼对方面门。但他就戳在攻击中心,实在被打疼了才反击。

教练的反击方式是搬起身边最沉重的东西,往窗外一扔。电视机、电脑、音响,都曾七零八落地跌碎在地上、喷泉边。因此每次吵架,这家就跟被洗劫过一样。

老爹感慨,夫妻啊,过得好,是互相搀扶对方的人生,过得不好,就是互相打劫对方的人生。

邻居们都习惯了他们这样的争吵,也懒得管。两位也还算有素质,到深夜就偃旗息鼓。

早晨,歌唱家就会下楼收拾。有时候一边捡一边笑,说这日子过不下去。有时候一边捡一边哭,说这日子真的过不下去了。

原本要相依,伤害那么相似,相处就容不下我和你。

当喷泉水花声响起的时候,我问老爹:"他们又吵架了吗?"

老爹恍然说:"对啊,都好久没听见他们吵架了,下雨这么刺激,我们出去看看热闹。"

我跟老爹到喷泉边,看到水面被大雨打得像沸腾一样,闪电又照下来,喷泉中多了一个黑影。

这个黑影肥嘟嘟,圆溜溜,绕着喷泉不停转圈。

我问老爹,八楼的叔叔阿姨是不是把家败光了,这回扔了一只大皮球。

大皮球气得飞了起来,一张口喷了一道水剑,直接把我耳朵打歪了。

老爹仔细瞅了下,大惊失色:"梅茜,这是一条河豚啊。"

我也大惊失色:"河豚是什么?"

老爹蹲下来流口水:"河豚很厉害的,红烧或者清蒸,加上秧草放在上面,汤汁浓厚鲜美,鱼肉细腻鲜香,把那个肥肥的肚子从反面卷一卷,直接吞下去还能养胃哦。"

喷泉开始咕咕咕冒水泡,皮球好像因为生气变得更大了。

老爹搓搓手,兴奋地说:"梅茜你把爪子伸下去,钓它上来,我们有夜宵吃了。"

我刚把爪子伸下去,皮球就咬了我一口,疼得我缩脚不及,眼泪汪汪。

　　这是我跟河豚大仙的第一次见面，我们有一脚之仇，关系从开始就很恶劣。

　　第二次见面，喷泉边围了一群狗子，听得狗眼发直。

　　河豚大仙那时候还不叫大仙，他正悠闲地把肚子翻起来，嘴里还叼着我爹前晚丢的烟屁股，牛极了。

　　黑背好像最积极，举着爪子发问："你从哪里来的？"

　　河豚用奇怪的音调拖长说："最东边的大海，知道吗？那是世界上最大的海，一百辈子子孙孙接力，都游不到尽头。而进入晚上，整个大海都是发光的水母，你从高空看，额 [1] 住的地方就像是地球的眼睛。"

　　可卡很向往："大海的生活怎么样？"

　　河豚更得意了："还行吧，每天忙着跟邻居打招呼，北极熊啦，企鹅啦，孟加拉虎啦，擎天柱啦，讨论讨论今天的极光什么的。经常招呼打到一半，一天就过去了。"

　　狗群顿时骚动了，这些名字平时只有电视里才能看到，看河豚的神气，他们就跟蚂蚁一样不值一提。

　　可卡瞬间变成粉丝："那你是什么？"

　　我抢着回答："他是河豚。"

　　可卡说："河豚不是河里的吗？"

我说:"是呀。红烧或者清蒸,加上秧草放在上面,汤汁浓厚鲜美,鱼肉细腻鲜香,把那个肥肥的肚子从反面卷一卷,直接吞下去还能养胃哦。"

河豚一看是我,气得从足球变成篮球大:"额叫海豚!额来自最东边的大海,你信不信额用超声波震死你。"

黑背支持我:"你肯定不是海豚,你太小了,我从电视里看过表演,训练员能站在海豚头上,乘风破浪!"

河豚气得快爆炸了:"额现在变小了,咋的咧!适者生存听说过没有?尔冬升进化论听说过没有?要不是你们池子太小,额至于这样吗!你们这群狗,文盲!估计你们连油泼面都没吃过!"

黑背小声问:"尔冬升进化论是什么?"

我小声回答:"达尔文进化论吧?他可能港片看多了。"

为了让我们相信,河豚努力喝水,肚子胀得快透明了。

河豚气喘吁吁继续说:"额以前,有你们整个小区大,额拍拍尾巴,你们楼房都要塌。咋的咧,不信额?"

河豚做出要拍尾巴的样子,狗子们纷纷后退一步。

我听他口音越来越奇怪,又问:"那,你们那个地方吃羊肉泡馍吗?"

河豚看到我服软,很高兴:"白白的馍,好吃咧。"

狗子们一哄而散,从此认为河豚是个吹牛大王,喊他陕西胖鱼。

那天河豚大仙在狗子的背后扑腾,拼命喊:"额是哺乳动物,额是海豚。"

就这样我跟河豚大仙二次结仇,他看我经过就发射水剑,飕飕飕,打得我有点烦恼。

5

河豚大仙拉回粉丝的心,是在几个月后的跨区斗殴上。

这几个月,河豚大仙每天晒太阳,吹牛皮。

他跟可卡说,他原本也是个潇洒的海豚,和漂亮老婆住在熔岩洞里头,后来刮了龙卷风,他就跟老婆劳燕分飞到了这里,每到深夜就很寂寞。

他给可卡唱海豚音的情歌:"你是额的蝴蝶自在飞,额是你的玫瑰吃烟灰。"

唱完他看着可卡说:"额婆娘对额感情很深的,额离开她一定伤心死了。现在额是单身,额自由了。额不要婆娘感觉真好。"

可卡骂他有毛病,气呼呼地走了。

他又盯上黑背,跟黑背说:"你过来,我传授你一套剑法。"

黑背出于对知识的渴望,刚靠近水边,就被河豚一溜水剑打得鼻子进水,差点肺炎。

反正河豚每天一个故事,他也不再坚持自己是海豚了,说自己是龙王三太子。

萨摩 ABC 看他啰啰唆唆有点可怜,经常带麻将去找他凑局。

河豚不认识牌，打得比较乱，经常输得身上的刺都被拔光，有段时间沉在水下面哭。真惨淡。

跨区斗殴这个事情，算是不定时的传统，发生时间通常不稳定。

那次黑背本来打算去隔壁小区偷点补给，到围墙那儿一看，隔壁小区的阿拉斯加老大正蹲在草坪上。

阿拉斯加说："你瞅啥？"

黑背说："没瞅啥。"

河豚不知道规矩，接话说："瞅你咋的。"

阿拉斯加嘴巴一磨，吐了黑背带草渣的口水，这仗就打上了。

阿拉斯加据说拉过雪橇，身边还散落罗威纳和圣伯纳。圣伯纳你们可能不知道，平时看起来像瞎了眼的胖子，一旦投入战争，压谁谁垮。

我冲过去营救黑背的时候，黑背已经被压到地里。

黑背从土里闷闷喊："梅茜，不要过来了，这儿就是我的葬身之地。"

话刚喊完，萨摩ABC飞起从正反侧三面踢了阿拉斯加一脚，大喊："擒贼先擒王。"

这就是我们小区的战术，论实力我打不过你，但是论毅力我们都选择死磕到底。

那次斗殴有点惨烈，我们围着阿拉斯加，隔壁小区其他战力围着我们，形成三层圈圈。属于我们的那一圈逐渐被挤扁，可卡已经坚持不住，哭了起来。

边牧红了眼喊："不要哭，就算死也不能哭！"

他的眼泪滚到我嘴巴上，太不卫生了。

其实大家都知道，我们失败到这地步，互相给个台阶，阿拉斯加他们差不多够了，估计也就拍拍屁股爬墙回去了。

结果这时候一个跟脸盆一样大的水球出现在我们上空，水球变得越来越大，罩住整个战局。

河豚中气十足地喝了一声："咋——的——咧——"

随着喝声，水球瞬间爆破，分成水滴精准攻击到德牧、罗威纳、圣伯纳、柯基、小鹿犬身上，跟平时打我们的水剑完全不一样，这水滴就像橡皮弹，打得隔壁小区哀声一片，夹着尾巴飞奔回家找妈妈。

我们小区狗子都目瞪口呆，还保持着互相挤压的姿势看河豚。

这招太霸道了，如果说以前河豚那几招勉强算是物理攻击，这个水球真正上升到了超自然层面。

河豚浮在水面上，表情庄严，恍如大仙。

6

河豚一战成名，大家尊称他河豚大仙，他也懒得再坚持什么，能赢得今天的地位已经很满足。

我们看牛头狈婆婆还在努力嚼口粮，商量了下，大概算不出什么玩意儿了。大家觉得不能再拖下去，干脆找河豚大仙帮忙。

虽然都是神棍，河豚大仙的路线和牛头狈婆婆还是不太一样的，打个比方，牛头狈婆婆就是文科女，河豚大仙算是工科男。

河豚大仙曾经评价过牛头狈婆婆的预言："知道会发生，没法去改变，预言个锤子。"

牛头狈婆婆立刻起卦，算好冷冷一笑，道："不是不报，时候未到。"

这让河豚大仙很是惴惴了一阵，也没发现有什么后果。

我们来到喷泉旁边，河豚大仙沉在水底，好像昨天又输了。

可卡喊："大仙大仙。"

大仙浮起来："你想通了，要陪我到天荒地老吗？"

黑背说："大仙，你能不能帮我们找个勇士？"

萨摩 ABC 说："你找到的话，今天让你赢。"

河豚大仙脸涨得通红："什么意思，额难道不能自己赢，额难道还要你们让？"

狗子们齐齐点头。河豚大仙整个可以养胃的皮都快输没了。

河豚大仙说："你们等额一下子。"

他沉下去开始作法，池中卷起一个漩涡，漩涡中冒出一个小水球。

黑背即兴作诗："神奇水球，能大能小。变幻万千，有个屁用。"

小水球浮起来往小区门口移动，我们紧紧跟着跑去。

水球飞过草坪和花园，撞了几次路人，闪烁着往前飞。

它飞着飞着，飞出门外停了下来，然后轻轻坠落。

坠落到一条狗的眉间。

我们刹住脚步，看着那条狗。

就算隔着三米多远，还是能闻到这条狗子身上馊菜的味道，为了配合气味，他身上也盖着烂菜叶和塑料袋。

除了体形猥琐、皮毛暗淡，最致命的是，这条狗子嘴角不停往下淌着口水，年纪比牛头㹴婆婆还大。

我和黑背以前想象过，如果老了会是什么样子，或许肥胖，或许虚弱，或许依旧爱玩，或许已经生了富贵病。

但如果你们去问全小区狗子，老了最不想变成什么样子。

大家都会回答你，最不想的，就是变成垃圾这个样子。

面前这条老狗的名字，叫垃圾。

垃圾是小区固定的流浪狗，比阿独的历史更悠久。垃圾和其他流浪狗不同的是，他拒绝接受流离失所的命运，固定住在小区门口。

垃圾恶名在外，小偷小摸不算，还传播过疾病。

就前几年，因为垃圾长期翻垃圾桶，翻完又不洗澡，毛都粘成硬邦邦的一层，得了皮肤病。得病之后垃圾更加有恃无恐，仗着人不敢靠近，到处乱窜。

可卡有次不小心踏到垃圾睡过的草窝，第二天也开始脱毛。

这样一传十，我们所有狗子有段时间都成为了癞痢头，被隔壁小区狗子嘲笑了好多天。

保安接到投诉后，无奈地跟主人们解释说，要是赶走垃圾，恐怕老太太会不乐意。

当时小区前排一单元有位老太太，每天只要不下雨，就坐在门口等儿子回来。老太太神志有点不清楚了，一会儿说儿子在国外，一会儿说儿子在保密机关工作出不来。

邻居们大概知道她儿子在坐牢，只是老太太得了老年痴呆，总是忘记。

老太太清醒的时候，就自己颤颤巍巍去买米，交水电费，她回来会顺便带点碎骨头，拌着米饭给垃圾吃。

可是老太太慢慢连自己吃饭都忘记，垃圾还是得去翻垃圾桶。

但只要不下雨，垃圾就会陪在老太太脚边，老太太记起来就问他："你饿不饿？"

垃圾就摇摇尾巴，把身子挪开一点。

他知道自己脏，怕老太太一摸，搞得老太太也生病。

老爹说这样也不是办法，就和可卡妈几个人一起出资出力准备给垃圾治病。垃圾见他们来抓，以为要赶他走，急得直叫。他牙齿露出来，黄不溜秋。

这件事就不了了之。

老太太每天会坐在一块空地上，从早上等到日落。

如果把时间全部放进等待，那么整个世界都是寂寞的。

老太太衣服整洁，白头发梳得很服帖，日复一日。她哪怕忘记吃饭，依旧会干干净净的，她大概唯一记住的就是，儿子回来的时候，不要让他发现妈妈吃过苦。

后来老太太经常睡着。风吹起她的白头发，像古老的情歌穿过一个年代，落在她额头。

老太太前不久已经去世了，保安还是没赶垃圾走。

保安解释说，垃圾年纪也大了，恐怕没几天，没必要了吧。

有机会我一定要跟你们介绍一下我们小区的保安，他有张黑黑的小圆脸，老家河南，是个好人。

水珠停在垃圾眉间，垃圾动都没动。他太老了，时光大多都是用来打瞌睡。

可能是闻到我们来了，他下意识地往外又挪了一挪，我们几个也都是被主人呵斥过的，也往后退了一退。

我们之间的距离从三米变成四米。

可卡跟我嘀咕:"怎么是他呀,河豚大仙是不是搞错了。"

我心中还回想着牛头猥婆婆那段预言:"这位勇士,能抵抗一切恐惧,就像黑夜里一把火炬,有了他你们就会产生无穷的信心。"

可是我们看到垃圾就恐惧,他不分好歹,经常龇牙咧嘴。

我们毫无信心,他四腿颤抖,口水滴到地面。

如果我们的队伍带上他,想想就很没意思。

萨摩ABC掉头就走:"扯呼扯呼,三缺一谁来?"

边牧跟着向后转:"带我带我。"

我清清嗓子:"垃圾,你愿意跟我们一起去冒险吗?"

不管他是不是勇士,我也突然想跟他说说话。

可卡也跟着问:"你愿意吗?"

垃圾抬起头:"你们是在跟我说话吗?"

我们小心翼翼带上垃圾回到喷泉,前后保持安全的距离。

河豚大仙浮在水面,小眼睛瞥着垃圾。

可卡大声说:"大仙,请你再确认一次,他就是我们需要的勇士?"

河豚大仙搞出很多水珠,一会儿呈一条直线,一会儿呈五角星,但是每一颗水珠都准确无误地打到了垃圾身上。

垃圾的毛油成一块,水珠打过去跟在荷叶上一样滚来滚去。

河豚大仙说:"验算了这么多遍,放心了吧。"

说完他沉了下去,我们的心也沉了下去,看来必须拜托垃圾。

黑背扑通一声跪下去:"垃圾老爷,我家主人日夜操劳,指望宝藏翻身,你大恩大德帮我们一把。"

说完他咚咚咚磕三个响头。

边牧也跪下去:"垃圾爷爷,我老妈四体不勤五谷不分,我必须挣钱养她,可怜我一片孝心吧。"

泰迪大王和小弟互看一眼,小弟跪下连磕二十八个响头。

泰迪小弟:"我替我同胞几个哥哥一起求你了。"

萨摩ABC也互看一眼,跑过去想把垃圾抬起来。

萨摩A:"别理他们这帮势利眼,我们先帮你按摩。"

还没跑到垃圾身边,萨摩ABC就遭受毒气攻击,翻滚几圈吐了白沫。

垃圾没有说话,他年纪大了,反应也迟缓。

我和可卡面面相觑,感觉不妙。

莫非他还记得上次那件事?

7

垃圾因为缺乏家教,经常干出匪夷所思的事情。

上个月可卡妈带我和可卡做完美容,经过门口时看到垃圾和往常一样蹲着。

可卡妈心情好,主动打了个招呼:"老垃圾,你饿不饿?"

垃圾直勾勾看着可卡妈，突然就冲了过来。

我和可卡立刻挡到前面，结果垃圾不依不饶，直接从我们身上碾压过去。

我跟可卡还没来得及心疼新造型，发现垃圾扑在可卡妈身上，可卡妈已经倒地。

垃圾凝视着可卡妈，似乎在分辨什么，口水掉在她脸上。

就像开始时一样，垃圾又迅速退了回去，蹲在小区门口。

号啕大哭的可卡妈受不了，回家洗了三个小时澡，我和可卡也没能幸免，又大洗了一通。

黑背听说后，偷偷跑去找河豚大仙。

黑背说："大仙大仙，有没有什么办法让垃圾自己走，他老这样蹲在门口影响不好。"

河豚大仙瞥了瞥他："我有没有跟你说过，我有个祖先是响尾蛇？"

黑背研究了会儿，说："大仙你的身世来头真的很大。"

大仙满意地点点头，丢出一粒黑色的小水珠："这是我祖传的毒液，什么丧心病狂的狗子，只要一舔，你叫他翻跟头他不敢打滚。"

黑背十分欣喜，伸出舌头就要验货，幸好我及时赶到，把毒液截了下来。

黑背跟我来到门口，远远看到垃圾还在蹲着。

这条老狗子也奇怪，老太太去世之后，一下雨他就发疯，不下雨他就一动不动。

黑背把毒液小心地拌进罐头，我看到垃圾睁着混浊的老眼睛，盯着一块空地。

这块空地我记得，树正好挡住阳光，之前总是摆着老太太的板凳。

老太太身材矮小，只能坐很矮的板凳，身上落满影子。

垃圾是在看那里吧，虽然没有板凳，没有老太太，可是在他眼里，一切都还在，只是我们看不见。

黑背说："梅茜梅茜，你看起来比较好相处，你去投毒。"

我摇摇头："黑背，他没咬人，也没欺负我们，那为什么要赶走他？"

黑背愣一愣："杀人这种事情，看他不顺眼不行吗？"

"当然不行的，我老爹跟我说过，什么事情都要合法合理。黑背你平时憨厚，怎么犯起罪来眼睛都不眨。"

黑背被我训得一张狗脸黑中透红，赌气地把罐头一扔，转头就跑。

罐头丢到垃圾脚下，我来不及阻止，他就吃了起来。老爹从小教育我，不要吃来历不明的食物。但是垃圾没有家教，他一向什么都吃的啊。

我喊:"别吃别吃。"

他吃了一口停住了,河豚大仙的毒液真管用,见效居然比见鬼还快。

正好下班时间,邻居们都拥进门口。大叔踢他一脚,喊:"走开走开。"

垃圾呆呆地走开。

垃圾撞到路人,路人又骂:"去死吧臭狗。"

垃圾呆呆地往马路车流中走。

我大喊:"垃圾你回来,你快回来,那边很危险。"

可是太远,他听不见。

我急得眼泪都要出来,往小区门口跑,大叫:"垃圾你快回来。"

汽车刹车声,喇叭声,人们的惊呼声此起彼伏。

垃圾呆呆坐在路中间,车子都绕着他走。

他似乎听到我的呼喊,扭头往这边看。

我知道虽然看向我,但是看不见我,因为他一定是看着那块空地。

他只吃了一口,很快清醒过来,看到周边的轮胎和投来的水瓶,吓得魂不附体,直接尿了。

小保安冲过去,把他拖了回来。

这件事之后,我对垃圾生出愧疚的心情,回家跟可卡分享了一下。

可卡是这么评价的:"我们年纪再大,也不能被吓尿。"

8

难道垃圾还在记恨那件事,所以不答应吗?

想了很久,垃圾说:"我不关心你们的宝藏,如果要我帮忙,要答应我一个要求。"

黑背跳起来,说:"真是老奸巨猾,活活把老子气成猫。"

我按住黑背说:"听听他要什么。"

大家看着垃圾。

垃圾说:"我想能再见奶奶一面,五秒钟就好。"

狗子们一片哗然。

我告诉垃圾,老太太已经去世了,就算你跟到天堂,恐怕也难碰得上。

垃圾低声说:"见不到她我就不走,我哪儿也不去。"

他边说边往门口挪。

泰迪大王一眯眼:"老东西还耍大牌,绑了去!"

泰迪军团不知垃圾厉害,大王一声令下,小狗扑腾而出,然后纷纷被熏倒在地上。

垃圾蹲在原来的地方，目光重新放到了那块空地上。

等到了天黑，垃圾没有动静，狗子们东倒西歪，各自回家。而我碰到河豚大仙在月亮底下游泳，波光粼粼，把河豚大仙的肚子照得发亮。

我很想跟他说说话。

"大仙，我老爹跟我说过，最痛苦的事情不是生离，而是死别。失去了爱，失去了钱，只要生命还在，那么每一天都有重逢的可能。"

大仙在水里打了个水花，没有搭理我。

"大仙，不知道你有没有注意到，八楼经常会丢东西下来，哦，不对，你来之后就没有了。

"大仙，那家男主人好像和女主人离婚了。我曾经看到女主人，就是那个歌唱家，她蹲在喷泉前面哭，她说生活就像他们丢下来的碎片，七零八碎，每次拼凑好，一松手就又散了。

"大仙，老爹跟歌唱家说这算什么，不要哭，缘分走远了不怕，你要告诉自己，我可以爱上别人的。"

这世界有离别，有相聚。离别时刻都会发生，可和你相聚的人，就如同去年盛开的鲜花，今年已经不是那一朵了。

"大仙啊，老爹的爷爷走了，黑背的兄弟们也走了，就像西施犬一样，永远无法相聚了。"

没有办法。有个词语，叫作永别。

永别的意思，就是我们之间，只有想念。

垃圾年纪这么大，这点道理还想不明白吗？

我想大仙应该还是讨厌我，喷泉半天没有动静。

我抽了抽鼻子，今晚家里没人等我。

"大仙，有时候我觉得，最快乐的时候可能是做梦的时候。做梦的话，想见的人很快就能出现在身边，我爹会陪着我躺在客厅，脚丫子放我身上。垃圾也可以见到老太太，吃一顿骨头渣拌白饭。呸呸呸，我爹又没死，我爹就是不在我身边。"

"狗子，别哭了。"

"我没哭，我只是在想念，想念的一种方式就是随便掉掉眼泪。咦，河豚大仙，是你在说话吗？"

河豚大仙浮出水面，泪光闪闪。

"虽然你这条金毛狗子很讨厌，但你讲的话还有点道理。我现在每天游来游去，只有做梦才能回到大海。我那婆娘胖胖的，在我梦里也特别好看。"

"大仙你又开始吹牛了。"

大仙严肃了一点："我跟你讲正经的，垃圾的愿望也是可以实现的。"

我吓得狗毛竖起来："大仙，你还会起死回生的啦？"

大仙瞥了瞥我："如果硬来的话，也并非不可以。"

我的脑子转得飞快："那你这么厉害，为什么不回家？"

显然我说错话了。

我总是在不合时宜的时候说错话，在老爹累的时候让他跟我玩，在边牧哭的时候开他玩笑，在黑背为我报仇的时候嘲笑他。

我恨我这么聪明的脑子。

大仙沉下去一会儿，选择原谅我："以前额还很大的时候，功力高深一点，现在能做到多少额自己也不知道。"

大仙的声音听起来，真的有点寂寞的意思："不过，让垃圾见老太太一面，就五秒钟的话，应该还可以。"

我说："拉钩上吊，一百年不许变。"

刚说完，狗子们一下子都跳出来。

我问黑背："你为什么要偷听？"

可卡说："梅茜，我们知道你爹今天又出差了，不要难过，我妈说你可以跟我睡。"

黑背委屈地说："我们回家以后，想想只有你一个狗子不放心，准备给你送点夜宵过来。"

泰迪大王说："关我什么事啊，我睡不着出来玩玩的。"

萨摩 ABC 跳来跳去："快去喊老垃圾，快点搞定快点出发，晚了宝藏就会被隔壁狗挖走！"

我们在门口的草窝里找到老垃圾,他身上盖着草和树枝,人类根本分辨不出来。

有段时间我们小区的流浪狗子都神秘消失了,有人趁夜从外面溜进来拿个网子,看到狗就捞,估计老垃圾这个习惯就是那时候留下的。

可卡拿根树枝捅捅他:"老垃圾,老垃圾你醒醒。"

老垃圾一下子跳起来:"奶奶是你吗?"

一下子看到是可卡,他眼里全是失望,又趴了下来。

我说:"老垃圾,我们有办法让你见到老太太。"

老垃圾眼泪又滚下来:"不要骗我,我已经是条老狗了。"

我说:"拉钩上吊,一百年不许变。"

黑背问我:"梅茜,你为什么又哭啦?"

因为累。一晚上签了两个合同,我感觉好累。

从门口到喷泉,不过是狂奔一分钟的距离,但是老垃圾一步三喘,活活把速度拖慢。

我把河豚大仙喊醒:"大仙大仙,快讲你的办法。"

河豚大仙不耐烦地抠了抠自己的肚子:"你们年轻人,怎么那么心急,办法都是需要代价的懂不懂。"

可卡问我:"梅茜,什么是代价啊?"

我想了想告诉她:"还记得年少时的梦吗?像朵永不凋零的花,

陪我经过那风吹雨打，看世事无常，看沧桑变化。"

萨摩 ABC 一起唱起来："也曾伤心流泪，也曾黯然心碎，这是爱的代价。"

黑背听得愣愣的，说："梅茜啊，代价要一边流泪一边心碎吗？"

9

河豚大仙严肃地打量了下老垃圾，连连摇头："不行不行，他承受不住。"

老垃圾用力咳嗽："我行的，我行的。"

为了见到老太太，老垃圾刚刚把窝里最值钱的牛膝骨都带了过来，他偷偷跟我说："小姑娘，这年头求人办事，都要准备礼物的。"

老垃圾把牛膝骨舔了一遍，隆重地捧到了河豚大仙面前。

河豚大仙肚皮都要笑破了："老狗子，这代价不是一袋狗粮，不是一根骨头，是整整五年的生命啊。"

大家面面相觑，一时不能理解。

河豚大仙重复了一遍："想见死去的人五秒，就要付出五年的生命做代价，你们明白了吗？"

萨摩 A 飞快进行计算："一分钟六十秒，一小时六十分钟，一年三百六十五天……"

萨摩 B 飞快发表议论:"五年换五秒,感觉很不划算。"

萨摩 C 飞快得出结论:"这赔率是一比两千万。"

萨摩耶三兄弟齐声说:"亏得有点大。"

我们都很沉重,不想做这笔生意,但是转头看老垃圾,发现老垃圾居然十分欣喜。

老垃圾说:"我愿意的,我愿意的。"

为了证明他真的愿意,老垃圾欢呼起来,撒腿沿着喷泉连跑五圈。

按他的身体条件,我怀疑他跑完五圈,可能直接就死了。

当一只狗听说要放弃五年生命的时候,怎么会开心成这样?难道老垃圾不懂得尊重生命吗?

他忍饥挨饿,让人拳打脚踢,也战战兢兢活到现在,明明很怕死啊。

我想起牛头狻婆婆的话:"这位勇者,能抵抗一切恐惧。"

我们看着老垃圾跑得气喘吁吁,心里有点酸酸的。

河豚大仙也有点意外,他瞅了瞅天上的月亮,点点头:"那就开始吧。"

黑背颤声说:"老太太就要出现了吗?太恐怖了!"

夜风往这边一吹,可卡大叫,所有狗子挤成一团发抖,只有老垃圾往前凑。

我们屏住呼吸看河豚大仙,以前河豚大仙变出过水剑,变出过水球,现在要大变活人,简直比春晚看魔术还刺激。

河豚大仙等到风吹散最后一丝乌云,用力飞跃,我们仰头,看到他胖鼓鼓的身子缓慢地划过深蓝色夜空,划到巨大的月亮中间。

那一瞬间好像有点慢,等我们反应过来,发现河豚大仙居然在空中停住了。

他就停在月亮中间,把圆月亮变成了银白色的甜甜圈。

黑背羡慕得眼珠子都绿了:"梯云纵,梅茜,这是江湖中失传的顶级轻功梯云纵啊。"

河豚大仙急速变大,猛地遮盖住我们的视野。

月光倾泻在大仙身上,像壮阔的波浪顺着他全身滚动。

他变成一只大河豚,吓死狗那么大。

所有狗子目瞪口呆,集体吓尿。

大仙因为身体肥胖,所以没法往下看,不然一定会收集到我们狂热的神情。

面对大仙超越自然的力量,我们狗子还有什么资格在深夜狂吠?当他停在月亮中间那一瞬,我们小区狗子集体变成死忠粉丝,脑残到底,绝不转黑。

我们的新偶像带着不可一世的孤傲,对老垃圾说:"把你的腿给我。"

老垃圾配合地抬起一条后腿,偶像不满意地说:"讲究一点,伸前爪。"

河豚大仙变得那么大,肚皮上的小翅膀却还是原样,抓来抓去半天没抓中老垃圾!

我们怕被他弄死,所以不敢笑场。

老垃圾的前爪终于和河豚大仙接触,奇迹就要发生!

一记耀眼的闪光,河豚大仙像巨大的气球被捅破,嗖地弹出去,满小区乱飞,越飞越小,最后落在地上。

我们狐疑地看着小河豚在水泥地上蹦跶,都不敢靠近,以为这也是法术一种。

我看河豚大仙正在嘶哑地喊着什么,凑过去一听。

"快把我放回去,老子缺水,要干死咧。"

10

回到喷泉,河豚大仙惊魂未定,瞪着老垃圾大喊:"你究竟多大了?"

老垃圾困惑地回答:"九岁。"

河豚大仙也困惑地游:"九岁你就长得这么老。"

我跟他解释:"大仙,我们狗子寿命不长的,尤其对流浪狗子来说,九岁相当于晚年的晚年。"

河豚大仙恍然大悟,破口大骂:"不早说,害得我差点搭进去。我做了这么大一个法,啊?豁出去功力帮你们,啊?你们干啥咧,咋不告诉额他就快死咧?"

我猛地回过头,望着老垃圾,心里回荡着大仙的话:"咋不告诉额他就快死咧?"

老垃圾以为自己犯了什么错,赶紧摇摇尾巴讨好说:"大仙大仙咧,我是活不久咧,没关系咧,你把我生命全部拿去咧,只要能见到老太太咧,我死了也很高兴咧。"

河豚大仙气得要哭:"咧什么咧,这关头还学额说话。你懂不懂啊,没有五年的生命就不要乱答应,会出大事的。现在咋办咧?"

咋办咋办,所有狗子急得团团转。

牛头狈婆婆站起来,大家注视着她,她沉默半天,才开口说:"不够的话,我来凑一凑。"

河豚大仙惊奇又八卦:"你们是什么关系?"

牛头狈婆婆老脸微红,故意不看我们:"初恋情人关系,有问题吗?"

大家长长哦了一声,赶紧摇头:"没问题的没问题的。"

牛头狈婆婆更加不好意思,头扭到一边:"那我的生命送给老垃圾一点，有问题吗？"

没问题的没问题的，把生命送给初恋情人，从哪个道理上来讲，都是讲得通的。

生命就是时间。当你念念不忘，便把生命给了对方。

看到牛头狸婆婆脸红得要滴血，河豚大仙也不敢开玩笑："理论上你这个主意可行，就是不知道你们两个凑起来够不够啊。两条老狗，死起来非常快。算了，风险太大，我不玩咧。"

牛头狸婆婆勃然大怒，伸爪掏出一把狗粮："我不管你来自东海，还是来自陕西，今天就让你见识一下我们小区的厉害。"

狗粮满天飞撒，一半落到老垃圾前面，老垃圾看了看，忍不住吃掉了。

我问牛头狸婆婆："婆婆，你看这是个什么卦象。"

婆婆愣了愣，看着狼吞虎咽的老垃圾。

老垃圾完全没有身为男主角的自觉，大概是感觉到婆婆在注视他，还转身护住了食，边吃边发出威胁的吼声。

可卡皱皱眉，悄悄跟我说："太没风度了。梅茜，我看电视上，豪门大小姐看上乞丐，都是因为乞丐帅，你说牛头狸婆婆看上他什么？"

我想了想回答她："可能是看上他吃饭很快吧。"

老垃圾吃个半饱，眼巴巴盯着牛头狸婆婆："你还有没有？"

婆婆问大仙："他生命还剩多少？"

大仙抬头看月亮，说："三天。"

婆婆哭了。

老垃圾叹口气："没关系的，你不要哭。"

婆婆哭得更大声："我只好拼拼看，看我自己还有多少天。这回算卦你不要吃了，再吃就真没了。"

婆婆又抛出一把狗粮，所有狗子屏住呼吸，因为婆婆要算自己的大限了！

因为太过紧张，狗粮一半撒到了水里。

我也很紧张："婆婆婆婆，这是不是意味着你可能会淹死？"

牛头㹴婆婆睁眼仔细看卦，看着看着眼珠往上一翻，吓昏过去。

老垃圾扑到婆婆身边，喊："小牛，小牛你不要这样牺牲啊。你等一下，我马上送你回家。你挺住，我再吃两口！"

老垃圾吃力地把牛头㹴婆婆往她家拖，一步一个跟头。这场面太过悲情，萨摩 ABC 也忍不住抱头痛哭。

河豚大仙烦得直吐泡泡："好咧好咧，看两个老骨头拼命，不好玩咧，搞不定，睡觉咧。"

黑背眼眶红红的，猛地伸出爪子："他们不够，我来凑。"

我也伸出爪子："我来凑。"

可卡也伸出爪子："我来凑。"

边牧也伸出爪子："我来凑。"

萨摩ABC左爪擦眼泪，右爪伸成一排："我们来凑。"

泰迪大王最霸气："不就是一点生命吗？我们兄弟随便凑凑，多少都有。"

在场十条狗子的爪子齐齐伸出，伸向河豚大仙。

我有点恍惚，就算是打群架，我们小区的狗子也没如此团结过。

河豚大仙点点头："年轻人冲动是好的，但得想清楚。付出的生命再也不会回来，多凑一天，你们陪在主人身边就会少一天。你们都要好好想清楚，决定了就一条道走下去，半路反悔我们都会倒霉的。"

11

我闭上眼睛，好好想清楚。

如果能选择付出哪些时间就好了。

我应该会选择下午。那些等待的每一个下午，太阳投在餐桌上的影子慢慢向东移动，落到我的尾巴上。

等待的下午那么漫长，应该比较好凑吧。

如果还不够，我选择老爹离开的清晨，行李箱拖动的声音咕噜咕噜。

从他关门到上车，那段时间我也不喜欢。我的心会变得湿湿的，很奇怪，和黄梅天一样舒展不开来。

还不够的话，我把所有老爹不在身旁的时间，都送给你。

全部送给你，每分每秒都送出去，分离的时间那么长，五年肯定够了。

我需要留下的，只有老爹到家躺在沙发上的夜晚，我俩脚步左右相伴那段时光。不对不对，还要留下太多小碎片，他给我煮肉丸子，他带我洗澡，他带我玩水。还有一起坐车去很远的地方，风吹到眼睛睁不开。

多么快乐。

只可惜我无法选择。

我送出去的生命中，也许包括老爹跟我一起看电视，也许包括老爹出差回来大喊我的名字，特别是当老爹伤心的时候，也许我的陪伴会缺席。

这么说起来，不论是平淡难过，还是高兴，生命都不是随随便便就可以送出去的呀。

我想了很多，想得走神。

牛头狸婆婆就不管这些，一股脑儿都愿意给老垃圾。

老垃圾就不管这些，一股脑儿都愿意拿出去换。

是不是对于自己最重要的人，一比两千万的赔率都会下注呢？

我问自己,梅茜,如果拿你的五年,换老爹的五秒钟,你愿意吗?

我愿意的。

黑背推推我:"梅茜,我们决定好了,你别睡觉。"

我咬咬牙,下定决心:"我不太舍得送,送一个月好不好?"

其他狗子立刻跟我拉开距离,不想跟我站在一起。

我羞愧极了,低头想回家。

可卡为我鼓掌:"梅茜梅茜,你是最多的。"

哈?所以他们决定的结果是,可卡和黑背一周的时间,萨摩ABC三圈麻将时间,泰迪兄弟们加起来,也就约等于我的数。

这帮小气鬼!

但是,他们的生命一定很宝贵,跟我一样都是很心疼才送出来的吧。

黑背挠挠头:"这样也不够啊。要不要去跟罗威纳他们借一点。"

大家犯愁了。

我们小区狗子就这么些,哪怕加上隔壁的,恐怕也不够。

一家基本只有一个,太惆怅了。

黑背心一横:"管他的,能抽多少是多少,我先上。"

事到如今,也只好搞道德绑架。

边牧、萨摩ABC和泰迪大王依次排队。

黑背伸出爪子,转头咬住我耳朵:"梅茜,我晕血。"

黑背,这个不是抽血哇,你不要咬我那么用力,你又不是生孩子啊。

河豚大仙瞥瞥他:"你过来一点,我懒得飘咧。"

黑背把爪子浸入喷泉,和小翅膀接触的时候闪了小小的蓝光。

我们都害怕地盯着蓝光一闪一灭。

河豚大仙很不满:"看着块头大,输出太小咧,用力。"

黑背大喝一声:"拼了!"

光轰隆炸开。

黑背倒在地上,眼睛紧闭。

一下子我的心都揪起来,都不记得自己是怎么跑到他身边,只知道哭着推他:"黑背黑背。"

我想到黑背今天还跟我说呢,他说:"梅茜,天地不仁,什么都要靠狗。"

总有一天,我会瞅准空子,见义勇为救个人,然后牺牲在鲜花堆,从此我老爹就拿着奖金好好过日子。

可是黑背,现在牺牲没有奖金拿,你老爸一会儿又要起来上班,你却依旧要把生命送给别人。

"黑背黑背。"狗子们都喊着哭着。

河豚大仙丢来一泼冷水："你们小区狗子真尿，捐了三天，就歇菜了。"

大家惊愕："啊？黑背不是拼命了吗？"

大仙说："拼命个锤子，自己吓晕了，这身体素质不得行，不得行，豆腐渣，玩个屁，拉倒，睡觉咧。"

大家刚放心，又不甘心起来，边牧一撸毛："冲我来，我挺住。"

边牧捐到五天，口吐白沫倒在地上。

河豚大仙失望无比："现在的狗子都怎么了，啊？毫无建树！抓个老鼠来好不好，我求求你们抓个老鼠来。"

"大仙，抓老鼠干什么？"

"老鼠都比你们有用咧！玩个屁！"

河豚大仙又沉下去，像一艘小型潜水艇，他总是这样浮上沉下，累不累的。

折腾了半天，天微微发亮，马上早餐车就要推过来，黑背老爸去上班，晨练大妈到这边来舞剑。

舞剑唰唰唰，砍得我们哇哇哇。

到时候，宝藏啊，老垃圾啊，都像是做了个梦一样，成为有头没尾的事情了。

但是我之前就说过，这是个充满变故的夜晚。

12

就在大家咬着牙，一分一秒地加码的时候，草丛窸窸窣窣动了一动，探出一个圆脑袋。

圆脑袋小声说："能算我一个吗？"

可卡吓得连连后跳直接摔倒："你素随[2]，你怎么在我们小区里，你不要过来，你过来我要喊保安了，汪汪汪。"

圆脑袋赶紧缩回草丛："你怎么这么没素质的，不要叫了。"

另一个方脑袋探出来："你们好。"

黑背也跳起来："这草丛怎么跟打地鼠一样，一会儿一个的。"

我看方脑袋不像来打架，就问他："尊姓大名？"

圆脑袋脾气不太好的样子，又探出来："欧阳锋，不要跟这群抠门精啰唆了。我们直接去找陕西肥鱼。"

河豚大仙一道水剑，把圆脑袋打了出来。

月光下我们看清了，他脑袋大身子小，尾巴断了半截，是条年轻的狗子，看他桀骜地叼着根草，应该还在青春期。

圆脑袋见暴露了，一招手，草丛哗啦啦涌了七八条狗子出来，高矮肥瘦花黄黑白都有，有一个还挺帅的。

黑背和边牧立刻挡在我们前面，弓起背龇牙咧嘴。

欧阳锋赶紧说："我们是老垃圾的朋友，一直住在小区里的。"

啊？那我怎么不知道啊，几年了从没有见过。

圆脑袋很看不起我的样子:"你们出门就那几条路,树林子去过没?大水管去过没?哈哈哈,没有吧!"

欧阳锋对圆脑袋说:"洪七公,你闭嘴!"然后跟我说:"梅茜姑娘,我知道你,你是名作家。"

他这么有礼貌,我都不好意思翻脸了。

欧阳锋说他们是这一片的流浪狗,只在晚上游荡。由于平时很小心不让人赶走,所以我们都没发现。

可卡嘟囔说:"难怪我总闻到陌生的味道,我妈还说我有鼻炎。"

阿独走了之后,欧阳锋就接管了这片流浪狗,顺带接管老垃圾。

欧阳锋说,老垃圾也让他们很头疼,流浪狗的规矩就是要做风一样的狗子,说走就走,不要停留。但是老垃圾倒跟家狗一样,死活不肯挪窝。

流浪狗还有一个规矩,寻找食物按能力定好地盘。比如洪七公分管烧烤摊,欧阳锋占领饭店后门。

一般来说,狗子流浪时间越长,能力越大,但是欧阳锋发现老垃圾居然无能到极点。

洪七公插话:"他连好人坏人都分不清,只要有人问他饿不饿,他就扑上去。跟条家狗一样,咯咯咯。"

可卡气得不行,飞踹了他一脚:"家狗怎么了,家狗不光荣啊?"

洪七公二话不说就反咬，黑背加入战团，打得狗毛乱飞。

欧阳锋比较尊敬我："梅茜小姐，我们琢磨着，老垃圾虽然不潇洒，不过算重情义的。我们流浪狗就讲究一饭之恩，有机会就报。既然他想见老太太一面，那我们多少必须帮忙。"

欧阳锋刷新了我对流浪狗的认识，原来就算吃泔水，也可以有情怀的。

讲完他走过去，把手底下兄弟挨个儿咬了一通："别打了别打了，打什么打，哪个不服气老子咬死他。"

洪七公歪歪扭扭走到队伍前："捐命了，快点。"

说得跟排队上厕所那么稀松平常。

河豚大仙问洪七公："你捐多少？"

洪七公傻笑："你拿吧，留口气让我回窝就行，我不想死在这里。"

这个口气很熟悉。阿独以前打架的时候，都是这样笑一笑，把斗笠一摔："打吧打吧，留口气让我回去，给滚球球一个交代就行。"

好像流浪狗都只在乎最后那口气。别的都可以不要，生命对他们来说，刨食、打架、逃跑，只有那口气是温暖的。

那么老垃圾的那口气，就是见老太太吧。

流浪狗们沉默无声,继续排队。

河豚大仙拍打着小翅膀,飘起来大喊:"咋的咧咋的咧,你们是都不想活咧。"

洪七公不耐烦:"这胖鱼怎么这么啰唆。"

欧阳锋赶紧咬他一口:"怎么跟大仙说话哪,一巴掌拍死你!"

流浪狗又打成一团。

河豚大仙小翅膀扑得像风扇:"别打咧别打咧,公鸡都叫咧。"

这城市没有公鸡,但是天光正在泄露,我已经听到鞋底踩着地面,松松懒懒,行人们还未睡醒便上路的声音。

河豚大仙说:"熬夜很伤身体的,睡一觉再说。"

萨摩A说:"可是老垃圾只剩三天时间了。"

河豚大仙又困又气:"你会不会数数!玩过算盘吗你?还有三天急啥子。"

接着他冲着流浪狗们喊:"你们这些后生仔,吃好喝好,准备上路。"

欧阳锋点头,流浪狗沉默无声,在人们到来之前散到各个缝隙,消失不见。

13

我回家的时候,看到老垃圾蹲在小区大门老地方,依旧盯着空地看。

可卡在前面等我:"梅茜梅茜,你跟我回家睡。"

我摇摇头,河豚大仙让那些流浪狗吃好喝好。可我知道,那些馊掉的饭菜不算好吃的。

我要回家,把我的狗粮罐头都拿出来,请他们吃一顿。

我越走越快,黑背喊住我:"梅茜梅茜,你为什么要跑呀?"

我看着黑背,眼泪不停掉下来:"黑背,欧阳锋和洪七公他们,要没有生命了。"

他们就要离开,可我们才刚见面呢。

为什么我们不能多送点生命,为什么我们都这么自私?

黑背张着嘴巴,看到他爸下了公交车:"梅茜,我们有主人的,他们在,我们就要好好的。"

如果生命只是自己的,如何挥霍都可以。觉得没用就丢掉,觉得好玩就闹腾,结束也没人伤心。

梅茜,我们有人爱,我们也爱他们,不在一起就会悲伤。所以不要自己决定,那样才是自私。

黑背说着就扭头,向他爸跑去。

边牧拍拍我的肩:"梅茜,要不我们赶紧做点小生意,卖给小区里的有钱人。你看煎饼摊子,一个月能挣两万。"

大家很信任地看着我:"靠你了。"

到家的时候,代养姐姐正在接电话。

"找不到啊,到处都找过了。可能出去了。

"你别急啊,梅茜那么乖,不会跑远的。"

我抢过手机,听到那头有个矮丑穷的男人在咆哮:"你把我的狗弄哪儿去了?你是不是把她弄丢了?"

老爹听起来要哭了。

我喊了一声:"汪。"

"你回家了?"

"呜呜。"

我叼着手机,离姐姐远远的,要跟老爹讲悄悄话。

老爹在电话那头长长出口气:"梅茜你吓死我了!我差点去买机票,你知道机票多贵的吧?"

"知道的。"

"你干吗去了?别学我乱跑好不好。"

老爹跟我絮絮叨叨,讲他刚通宵改完剧本,困得在沙发上直打呼噜。

老爹说:"一边打呼噜一边打字,厉害吧?"

"厉害的,你这样能得诺贝尔奖的。等有了奖金,可以买一亩田。"

"你说话逻辑不对,不是诺贝尔奖,诺贝尔奖也不一定有很多奖金。要买田干吗?你又不会耕地。"

我听他越说口齿越模糊,应该是困了,刚才那么紧张,估计姐姐打电话吓醒了他。

"老爹,如果我学会做生意,是不是你就不用一边打呼噜一边打字了?"

老爹在那头笑得嘎嘎嘎,"咚"的一声,好像从沙发滚下来。

电话挂了。

代养姐姐还在,她给我开罐头,拌狗粮,自己在一边吃包子。

包子真香,白白嫩嫩的。

我吞吞口水,叼着饭盆就往外跑。姐姐惊得包子都甩掉,光脚跟在我后面飞奔。

我跑去敲黑背的门:"我知道啦!"

我跑去敲可卡的门:"快起床,我知道啦!"

我跑去把萨摩家泰迪家的门敲得梆梆响:"我知道怎么赚钱啦!"

全小区的狗子从家里背来了面粉。

我的主意就是:卖!包!子!

小区面粉飞扬,大家跑去喷泉打水,整个喷泉变成面糊,河豚大仙在面糊里头不停挣扎。

黑背和边牧起劲踩面,交流和面心得。

"原来这个是高筋粉哇。"

"原来面粉这么粘的哇。"

"原来面粉还会起这么多泡泡的哇。"

可卡笑眯眯看着我:"梅茜,馅儿在哪里啊?"

我高兴地把饭盆递给她:"姐姐给我换了新口味的狗粮,好吃。"

可卡惊喜地问我:"梅茜,我们是要卖狗粮包子吗?"

可卡把包子卖给她妈,黑背把包子卖给他爸,所有狗子兴高采烈带着劳动成果回家,摇着尾巴等待表扬。

可卡妈激动得都哭了:"没想到你都长这么大了,学会劳动致富了。"

可卡摇尾巴:"妈妈好吃吗?"

可卡妈真的哭了:"太好吃了。"

今晚的小区里,狗子吃狗粮,家长吃狗粮包子。

我们一共挣了两百多块。

大家把赚来的钱交给我:"这么多钱,可以给流浪狗子们买什么呢?"

这有什么好考虑的。

我大喊:"当然是给他们买狗粮啦。"

14

第二天晚上没有月亮,只有星光闪烁。夏天已经过去一半,雨水停歇,我们等到主人睡着,静静地溜出来坐好。

欧阳锋他们刚刚吃完我们送的狗粮,来得晚。

今晚的气氛特别郑重,欧阳锋他们像是去打一场不回来的仗,而我们是送行的家属。

我们点头致意,看向喷泉。

河豚大仙用小翅膀揉着胸:"没睡好,眼睛疼。"

黑背偷偷问我:"眼睛疼,他为什么要揉胸口?"

我偷偷回答他:"手短,够不着。"

老垃圾静静趴着,用力看着月亮。

大仙一个飞跃,打出漂亮狭长的水花,他像上次那样停在空中,只是吸收的是漫天星光。

那些闪烁的,有着不同色彩,离我们异常遥远的星星,一颗颗暗了下来。

我呆呆仰着头,觉得那些星星是欧阳锋他们,他们给一场奇迹积蓄着力量。

河豚大仙身上亮晶晶的,他用小翅膀牵着洪七公的爪子,洪七公牵着欧阳锋的爪子,接下来是我连名字都不知道的流浪狗,大家爪子牵着爪子。

黑背牵住我,我牵住边牧。

我们的生命力沿着每一根神经消失,像阵夜风,带着甜蜜也带着感伤,变成淡淡的光脉。

我能感觉胸口被浪潮淹没,老垃圾的心情传递给了每一条狗子。

已经失去了,依旧舍不得,这是眷恋呀。

河豚大仙大喝一声:"齐活!走起!"

光脉"唰"地投向上方,像立体3D电影,五彩斑斓的光芒如同波浪起伏,占据整个夜空。

"果果。"夜空的光芒里传来老太太的声音。

那些光芒浮动,飘忽,旋转,凝聚出了老太太的样子。

老太太蹲下,手伸出来:"果果,饿不饿?"

老垃圾的眼泪打湿了他整张脸。

只有五秒钟,不能哭着过的!

我拼着力气喊:"说话呀!"

说话呀老垃圾!你付出了一切,要让她的手落在你脑袋上,不能哭啊!

你要跟她说你饿的,你要让她给你骨头吃,你要跟着她去交水电费,陪她在树荫下摇晃尾巴。

你说话啊!

老垃圾一动不动,呆呆地望着夜空。

光幕出现一条小狗,蹦蹦跳跳地向老太太跑去。

老垃圾无声地哭。

那是他小时候。

小时候的老垃圾,名字叫果果。

一条雪白的小狗,被老太太抱起来,贴在脸旁边。

老太太满脸幸福,而果果轻轻舔她的手心。

老垃圾嘴巴一张一张,无声地在喊奶奶。

老垃圾的眼泪冲刷着自己,我们这才发现,他的毛色雪白。

夜空逐渐暗淡,老垃圾合上眼睛,嘴角有一点点微笑,他很满足。

我们看到一个透明的小光球从他身上升起,晃晃悠悠,往上,往上,散在星空。

老爹说,花会开的,别悲伤,就算不是去年那一朵,可它让我无法忘记你。

无法忘记,那就是永远活着。

牛头狸婆婆说，在她还没有到小区的时候，老太太和他儿子住在这里。

儿子怕老太太寂寞，给她买了一条小狗。

老太太每天都带着他，坐在树荫里，等儿子回家。

那一天阳光万里，果果到处乱蹦。

老太太笑着拿蒲扇拍他："待着别动。"

果果就待着不动。

一个人走近老太太，和她低声说了几句。

老太太站起来，脸色煞白，又倒了下去。

脑溢血，抢救过来了，却落下了痴呆的毛病。

从此老太太什么都不记得，只记得穿着整洁的衣服，把白头发梳得服帖，去小区门口等着。因为如果儿子回来，不能让他知道自己的妈妈很伤心。

老太太什么都不记得，但是果果记得，老太太最后的指令是："待着别动。"

他待着没动。

老太太偶尔给他喂饭，偶尔问他"你叫什么名字？""你怎么总是翻垃圾？""你有没有家？"。

果果有家，主人在哪里，哪里就是家。

果果就这样待着没动，待到老了，变成老垃圾，任人打骂，赶走还是要回来。

因为老垃圾很想家。

15

欧阳锋疲惫地说:"原来老垃圾不是流浪狗,害我们兄弟忙活半天。"

欧阳锋一下老了很多,胡须都白了。但是看样子那些大补狗粮很有效,流浪狗们看起来不止剩一口气。

比起来,河豚大仙才是最惨的一个。我们想起他的时候,他已经跌落在地上,差点变成河豚干。

黑背即兴作了一首诗:"连着两次施大法,大仙也变河豚干。"

要不是实在快死了,河豚大仙肯定用水剑打得他变成瘫痪。

牛头猸婆婆去安葬老垃圾,走的时候对河豚大仙悠悠地说了一句:"不是不报,时候未到。"

河豚大仙气得从河豚干要变成河豚肉松,直接破口大骂:"你这个婆娘心肠歹毒,这么久还记得,不要脸,寡妇!"

大家各自散伙。

萨摩ABC回过神来:"勇者死了,那我们的宝藏怎么办?"

大家恍然大悟,想起最初的目的:在西边还埋藏着我们的宝藏。

萨摩A悲愤不已,跳进池中拼命摇晃河豚大仙:"心狠手辣,不留余地,现在我宝藏没了,大家同归于尽吧。"

萨摩B也号啕大哭:"没有宝藏,我活着有啥意思,我要让你们看看什么叫血流成河!"

河豚大仙也觉得考虑没有很周到,说:"你们,背我去西边看看。"

黑背从池子里捞了个饭盆,把河豚大仙盛在里面,像端了一碗鱼汤。

走到小区边缘那条河,河豚大仙眼睛一眯:"嗯,闻到宝藏味儿了。"

平时的河死水一潭,现在我们刚靠近,哗啦啦掀起好几米的大浪。

大浪过后出现一头我们做噩梦也想象不到的怪物。

他头大尾细,比两居室还大。根据那长长的嘴巴,灰色的皮肤,我得出了判断,这个怪物是一条真正的,胖海豚。

这条骇人的胖海豚,正张大了嘴巴,露出跟我胳膊一样粗的牙齿。

胖海豚张大嘴巴号啕大哭,居然还是个女的。

"你这个鬼头鬼脑的老汉哦,你这个杠上开花的杀头坯哦,你咋才来哟。"

河豚大仙也号啕大哭:"你这个瓜婆娘哦,你咋在这里哦!"

胖海豚眼泪汪汪:"我想你的嗦[3],作了个法找过来嗦,不小心投歪了嗦。"

河豚大仙眼泪汪汪："你是我的小蝴蝶自在飞。"

胖海豚眼泪飞溅："我是你的玫瑰吃烟灰。"

河豚大仙大喊一声："婆娘！"喊着就从饭盆里扑出来，直接扑到胖海豚嘴巴里。

黑背小心翼翼说："难道宝藏指的就是这条胖鱼吗？"

胖海豚怒目而视："我们是哺乳动物，我们不是鱼！"

河豚大仙从胖海豚牙齿缝中挤出来，跟我打招呼："黄狗子，你记得我说过做梦都想回大海吗？"

我拼命点头。

河豚大仙跳进夜空，飞快胀大胀大，胀成一条真正的海豚。

原来海豚也有这么圆滚滚的身材。

我喊："海豚大仙。"

海豚大仙原来从来没有吹过牛，他一直都这么质朴。

海豚大仙说："我要跟我婆娘回老家，生一堆孩子，不跟你们玩咧。"

海豚夫妻俩飞跃向空中，星光全部闪烁，在星空之下降起一场暴雨。

两个庞大肥胖的身影在暴雨中游曳，往东方而去。

他们一定会回到东海，生一堆小海豚，和孟加拉虎一起玩耍。

这场雨下了整整一天，我们通通感冒了。

黑背到我家说:"梅茜,这几天发生什么了,我感觉头有点晕晕乎乎。"

我一摸黑背的头:"你发烧了,烫得可以烧开水了!"

黑背说:"梅茜,我感觉自己做了场美梦,哭哭笑笑的,很精彩,我要是记起来我就告诉你。"

黑背嘟嘟囔囔:"我爸问我家里面粉到哪儿去了,要是我答不出来,就用棍子揍我。我哪儿知道面粉的事情,我爸是智障吧,无聊,瓜皮。要听这个智障的话,太惨了。"

如果你能记得,你会发现,我们狗子都一样的听话。

让我等,我就不离开。

从你的全世界路过,那么,让我留在你身边。

* * *

[1] "额"的意思为"我"。

[2] 你是谁。

[3] 我想你的啦。

番外话

给我的女儿梅茜,生日快乐

The Journey with You

我们要沿着一切风景美丽的道路开过去,
带着所有你最喜欢的人,
把那些影子甩在脑后。
去看无限平静的湖水,去看白雪皑皑的山峰,
去看芳香四溢的花地,去看阳光在唱歌的草原。

1

每个人到我家,推开门永远都是眼睛放光,喊:"梅茜呢?梅茜呢?!"

然后一条毛茸茸的金毛,比他们还要兴奋,不知道从哪个墙角钻出来,狂喊着"你好啊"就扑上来。

狗毛飞扬,人狗滚成一团。

2

我从来没有教过梅茜任何指令,但她自己慢慢学会了很多东西,眨巴着眼睛,努力分辨你在说什么。

她甚至自己学会了拒食。吃的东西放在碗里,她就可怜地看着你,直到你摸摸她的脑门,她才开始低头吃饭。如果你不摸她的脑门,她会一直跟着你走,你到哪里,她也坐在你旁边,拼命把脑门塞给你。

有一天我把吃的放好,忘记摸她脑门,就急匆匆出门去超市买东西。过了半个钟头回家,打开门,听见"咔嚓咔嚓"的声音,一看,她估计等不及,开始吃饭了。

我咳嗽一下,她猛地回头,吓得呆了。整条狗傻坐着,狗头

180度扭转对着我，狗粮哗啦啦从嘴巴里掉出来！

我还没说话，她偷偷摸摸探出前爪，把掉在地上的狗粮往旁边扒拉，扒得远远的。

她的意思大概是：这些不是我吃的……

我笑得手里塑料袋都脱手了。吃吧吃吧，我们家没那么多规矩，爱吃什么吃什么，爱什么时候吃什么时候吃。狗粮不好吃，咱们换牌子，还不好吃咱们立刻买骨头炖汤，买牛肉用白水煮出灿烂的未来！

一年冬天，我百般无聊地看着电视，突发奇想，用梅茜当脚垫，放上去暖洋洋的。

梅茜当时全身一震，小心翼翼地瞧向我，发现我的态度很坚决。她叹口气，非常严肃地趴下去，从此一动不动。

结果我睡着了，睡到昏天黑地的时候，感觉有东西挠我，我一看，梅茜用爪子拍我。我抬起脚，她换了个姿势，舒服地翻了一面，然后瞧瞧我，意思是你可以放下来了。

我把脚放下来，她才心满意足地继续睡去了。

金毛狗子，一岁前是魔鬼，一岁后是天使，果然是真的。

3

2012年初，天气寒冷。深夜，我坐在花园的台阶上，手边全是啤酒，看着月亮发呆。

在没有人能看到的地方，在没有人能看到的时间，我哭得稀里哗啦。

梅茜安静地坐在我旁边，头紧紧贴着我膝盖。她轻轻用脑袋拱拱我的手，大大的眼睛望着我，发出小小的"咕咕咕"的声音。

许久前我上网查过，这是金毛狗子的哭声。

梅茜不停哭，而我的眼泪也没有停住。

梅茜不要哭。

不要哭。她不会回来了。我不会离开你。

那时候的梅茜，刚生了一场大病。

她生病的时候，我远在北京。接到照顾梅茜的姑娘的电话，她带着哭腔说："梅茜得狗瘟了。"

手机信号不好，我冲到室外，下着暴雨。

我放下手机，心里很难过。

下雨归下雨，不要欺负我的小狗。

她病好之后，我领着她回家。一人一狗，兴高采烈，大家蹦蹦跳跳，欢快无比。

一辆白色的SUV开过去，梅茜明显愣了愣，然后她发了疯一样，扯掉牵引绳，追着车就狂奔，怎么喊都不回头。

司机从后视镜看见了她，停在路边。司机摇下窗，伸出头，笑嘻嘻地说："小狗狗，你追我干什么？"

梅茜不看他，紧紧盯着车子，盯着车门，似乎在等车门打开。

她要跳上去。

我追到了，一把抱住她，跟司机连声说不好意思。

司机笑嘻嘻地说没事，开走了。

开走的时候，梅茜在我怀里疯狂地挣扎。

我突然眼泪掉下来。

梅茜也平静下来，只是不停地发出声音："咕咕咕咕……"

我知道，她很久没看到那一辆熟悉的白色车子。

她很久没有坐进属于她的位置。

她喜欢坐车兜风，脑袋伸出去，风吹得耳朵啪啦啪啦啪啦，得意地吐出舌头，开心地跳脚。

我抱着梅茜回家。

她在怀里一直哭。

我的眼泪也一直掉在她毛茸茸的脑袋上。

梅茜不要哭。

梅茜，我们没有车啦，老爹再给你买一辆。

4

梅茜到我家，是 2010 年 6 月初。

我把一点点大的梅茜抱回家，她圆头圆脑，耳朵很大，坐着的时候一仰头，耳朵几乎垂到地上。

她叼袜子，撕衣服，啃书，磨茶几，摧毁一切能看见的东西。

最令我无法理解的是，一喊她名字，她就沿着墙边狂奔，狂奔五百圈，非得到精疲力尽才停下来。

麻烦的是，她从精疲力尽到精神焕发，需要回血的时间不是很长。

等她大了一些，接近一岁，性子变得没那么风云一起便化龙。为了她平时活动空间够大，我换了一楼带院子的房子。

有一天我回家，突然发现梅茜不见了。家里没有，院子里也没有！

找了半天，原来院子最内侧有个排水的漏洞，她就是从这里离家出走的。

我急坏了，小区、马路、公园、其他小区……发了疯一样到处找，扯直了嗓子喊。

夜越来越深，没有找到。我回家坐在沙发上出神，总觉得她可能躲在家里哪个角落。在我写字时，她一定要霸占的书桌底下；在我睡觉时，她一定自己咬着狗窝，吭哧吭哧拖到的床边；在我吃饭时，她一定紧紧抱着的桌脚。到了深夜一点，听到阳台有敲门声。我过去拉开玻璃门，梅茜咧着嘴，喜笑颜开地看着我，疯狂地摇尾巴！浑身都是泥巴，不知去哪儿瞎胡闹去了……

我赶紧抱起她去洗手间，开心地掉眼泪。冲干净泥巴，她也应该玩命才找到家的吧！我找出所有好吃的给她，看她吃得狼吞虎咽。

结果她以为离家出走，会有这么多奖励。

于是第二天下午，她又不见了。

这次我也不找了，就看电视等她。等到深夜一点，她准点出现在阳台的玻璃门。

我拎进来后暴打一顿！

梅茜号啕大哭。

从此，无论院子里排水的洞口有没有堵着，她都不会从那边跑走。

5

梅茜长大的标志是从某天开始，死也不愿意在家里大小便了，宁可憋得痛哭流涕。

有一次我出门，以为很快就回家，结果被拖去直播，回家已经黄昏。到家门口，掏出钥匙，邻居家开门，大婶探出脑袋，激动地说："张嘉佳啊，你家狗太牛了！"

我摸不着头脑，说："怎么了？"

大婶咽口口水，激动地说："你不在家，梅茜在院子里晒太阳。后来她急着大便，我就看着她在院子里转圈，还想怎么帮她呢。过了一会儿，她居然猛地一跃，连滚带爬翻过栅栏，跑到我家院子拉了一泡便便！接着又奋力一跃，连滚带爬翻过栅栏，回自己家院子了！"

我听得目瞪口呆……

睡觉之前,梅茜一定要跑到卧室,敲敲门,然后趴到床边。等我睡着了,她才会离开,放心地走回她的猫咪窝窝睡觉。

6

梅茜,老爹要买一辆皮卡,装好顶棚,我们可以出发去最远的地方。你坐在副驾,狗头探出窗户,风吹得耳朵啪啦啪啦,高兴地跳脚。车厢里摆满好吃的东西和你最喜欢的猫咪窝窝。

我们要沿着一切风景美丽的道路开过去,带着所有你最喜欢的人,把那些影子甩在脑后。去看无限平静的湖水,去看白雪皑皑的山峰,去看芳香四溢的花地,去看阳光在唱歌的草原。

去远方,而漫山遍野都是家乡。

一开始,我以为是她离不开我。

现在,我知道,是自己离不开她。

梅茜出生于 2010 年 5 月 18 日。

所以,梅茜,我的女儿,生日快乐。

老爹爱你。

后 记

《让我留在你身边》的最后一篇

2020年6月25日,梅茜的前腿有个小肿块,去医院检查,肿瘤,医生建议切除,再化验。三天后我接到通知,恶性,以后都要服用抗癌药。

梅茜腿上绑着绷带,深夜不肯回狗窝,赖在正在写稿的我脚边。摸摸她的脑袋,她晃晃耳朵,静悄悄地趴着看我。我有些恍惚,突然真真切切意识到,梅茜十岁了,所以医生写医嘱的时候,随口说了一句,她老了。

她老了,我从来没想过这个问题,那只巴掌大的小狗,沙发上翻腾,撕咬我的书,走路会摔跤,仿佛就在不久前啊。

过了一周,拆线,次日她的后腿一块毛全褪了,露出肉和血,触目惊心。我非常惶恐,再次送进医院。检查结果出来,甲状腺功能衰退,导致皮肤病,是她自己咬的。

她要吃的药越来越多,半夜我醒来,发现她呆呆地望着我,可能察觉我也在看她,她低下头,偷偷用眼角瞟一下,假装睡着。

我怎么突然想哭,手也在抖,因为医生不小心再次说了一句,她老了,你要有点心理准备。窗外路灯有些光漏进来,也许是错觉,梅茜的眼睛里满是眷恋,我的眼泪根本忍不住,满脑子都是医生的话语声。

那只小狗,那只会偷偷藏我袜子的小狗,那只叼着狗窝奋力拖到我床边的小狗,那只最喜欢躲在我书桌底下的小狗,从南京到北京,从漫长的旅途到似乎无穷尽的黑夜,她都在的啊,她是我的女儿啊。我吹一声口哨,再远的地方她都会竖起耳朵,然后风驰电掣跑回来的啊,她不能没有我陪着的。

十年,除了童年时代的父母,没有第三个生命,如此长久陪伴着我,日日夜夜。我总觉得,这已经是我生活永恒的状态了。

她是一条便宜的狗子,在我最穷的年月,分期付款买回家。她是我婚礼的花童,是我离婚后最重要的财产,是我风餐露宿的伙伴,是我浪迹天涯的影子,是我三十岁拥有的女儿,十年中最依赖我的存在。她那么胆小，容易委屈，见到生人立刻躲到我背后，也曾经陪我签售，被读者差点摸秃了脑门。她会笑，咧着嘴，眼睛眯成缝，也会哭，咕咕咕咕的，伸出爪子拍拍我的小腿。

她一岁，我每天酩酊大醉回家，有一次随手在她狗盆里倒了整碗啤酒，第二天惊奇地发现，梅茜就没回狗窝睡，侧翻在门边，狗脑袋放进狗盆，喝醉了。

2013年深秋，朋友开车，每逢岔路，扔硬币决定前进的方向。高高的山巅，我在草地坐了一宿，梅茜脑袋搁在我腿上，动都不动，似乎睡得很香。清晨日出，云海翻涌，在我眼中，是世界尽头升起了一轮句号。梅茜站起身，抖抖满身的露水，亲昵地用鼻子碰碰我的手，那是我人生中最漫长的一夜。

那么梅茜，再陪我一段时光吧。

我以她的口吻，写过一些故事，甚至很久之前，还用梅茜的名字开了微博，所以在许多人心中，梅茜也是他们的朋友。

有这本书，那梅茜就是我永远的女儿，也是读者永远的朋友。

梅茜十岁了，她老了，吃着药，也不再奔跑。

将来有一天，希望大家会想起，一只金色的小狗蹦蹦跳跳，和露珠对话，做有关天空的梦，善待每一个生命，珍惜世间生长的每一份美好，告诉所有朋友，你总会去到那些地方，雪山洁白，湖泊干净，听到全世界为你唱的情歌。

梅茜出生于 2010 年 5 月 18 日。

我的女儿，老爹爱你。

© 中南博集天卷文化传媒有限公司。本书版权受法律保护。未经权利人许可，任何人不得以任何方式使用本书包括正文、插图、封面、版式等任何部分内容，违者将受到法律制裁。

图书在版编目（CIP）数据

让我留在你身边 / 张嘉佳著 . -- 长沙：湖南文艺出版社，2020.8（2025.4 重印）
ISBN 978-7-5404-9656-2

Ⅰ. ①让… Ⅱ. ①张… Ⅲ. ①故事—作品集—中国—当代 Ⅳ. ① I247.81

中国版本图书馆 CIP 数据核字（2020）第 072889 号

上架建议：畅销·短篇集

RANG WO LIU ZAI NI SHENBIAN
让我留在你身边

作　　者：张嘉佳
出 版 人：陈新文
责任编辑：刘雪琳
监　　制：毛闽峰　李　娜
特约策划：李　颖　由　宾
文案编辑：周子琦
营销编辑：焦亚楠　刘　珣　战婧宁
封面设计：尚燕平
版式设计：李　洁
内文插画：orb
出　　版：湖南文艺出版社
（长沙市雨花区东二环一段 508 号　邮编：410014）
网　　址：www.hnwy.net
印　　刷：北京嘉业印刷厂
经　　销：新华书店
开　　本：875mm×1230mm　1/32
字　　数：190 千字
印　　张：10.25
版　　次：2020 年 8 月第 1 版
印　　次：2025 年 4 月第 12 次印刷
书　　号：ISBN 978-7-5404-9656-2
定　　价：46.80 元

若有质量问题，请致电质量监督电话：010-59096394
团购电话：010-59320018